ALOMA

Educació 62 • 16

Sara

MERCÈ RODOREDA

Aloma

Estudi preliminar, propostes de treball
i de comentaris de text a cura
de Neus Real

educaula62

Educaula62
Col·lecció Educació 62

Col·lecció dirigida per Carme Arenas

Disseny de la coberta: Malaidea
Disseny de la col·lecció: Malaidea

La primera edició d'aquest llibre
va ser publicada per Edicions 62 l'any 2006
Primera edició en aquest segell: juliol del 2009
Vuitena edició: juny del 2013

www.educaula62.cat
educacio@educaula62.cat

Fotocomposició: Víctor Igual, s.l.
Impressió: Liberdúplex, s.l.
Dipòsit Legal: B. 14.995-2011
ISBN: 978-84-92672-27-1

TAULA

ESTUDI PRELIMINAR

ALOMA

PROPOSTES DE TREBALL I COMENTARIS DE TEXT

⊛ PSICOLOGIA: se centren en la historia i l'anàlisis de personatge femenins que lluiten amb enemics i canvien.

Historia d'amor frustrada entre una noia jove i un home madur

Utilitza dues tendencies, el corrent imaginari i fantastics

REALITAT SOMNI

ESTUDI PRELIMINAR

⊛ Gata: S'identifica amb el final d'Aloma, quan Robert se'n va deixant-la embarassada, l'abandona. La gata se li apareix a Aloma en somnis dient-li que no es case.

⊛ Jardí: li recorda la seva infantesa

⊛ Cortines: Va a comprar-les amb molta il·lusió per a la seva habitació, però acaben posant-les a la habitació de Robert, fent que Aloma se li va anar la il·lusió

⊛ Libre: es "una mena d'amor", es un atre indici de la seva relació amb Robert.

⊛ JOAN – ROBERT: Joan a viscut sempre a Barcelona quan el seu fill es posa malalt li dona el mateix i econòmicament està mal, li agraden molt les dones.
Robert ha viajat molt viu a Amèrica, cuida junt a Aloma a Dani

Mercè Rodoreda (Barcelona 1908 - Girona 1983) és una de les escriptores més importants de la literatura catalana del segle xx, i el seu nom se situa en els primers rengles de les lletres europees contemporànies. Es va donar a conèixer en els temps de la Segona República (1931-1939), durant els quals va participar activament en el projecte de normalització i modernització de la cultura catalana. Al final de la Guerra Civil, quan es va imposar la dictadura franquista (1939-1975), es va exiliar. Amb la ferma vocació i el compromís cultural i literari —polític, en darrer terme— que l'havien caracteritzada des dels inicis, va contribuir al complex procés de reconstrucció cultural de la primera postguerra. Es va convertir en una personalitat clau del nou context dels anys seixanta i, en una evolució significativa fins als vuitanta, va marcar una fita indiscutible en el panorama narratiu dels darrers anys del franquisme i del tombant vers la democràcia.

Mercè Rodoreda té una producció apreciable i valorada en els camps de la poesia, el teatre, la prosa literària, l'assaig, el periodisme i la pintura, però destaca sobretot en la novel·la i el conte. Les nombroses traduccions dels seus llibres a moltes i diverses llengües (l'alemany, el noruec, el vietnamita o el xinès, per esmentar quatre casos prou diferents) ho demostren.

Dins del conjunt de la seva obra narrativa, *Aloma* és un títol que l'autora va considerar menor. No obstant això, hi té una significació especial a causa de les circumstàncies particulars, exclusives, que l'afecten. És l'única novel·la dels anys trenta que l'escriptora no va rebutjar i l'única novel·la de la qual va publicar dues versions. La primera és de l'abril de 1936, va guanyar el Premi Joan Crexells de 1937 i es va editar el 1938. La segona és fruit de la revisió que Rodoreda va fer d'aquest text entre 1967 i 1968, amb motiu de la preparació de les seves obres completes, i va sortir el 1969. La comparació de la versió revisada (i que l'autora va donar per definitiva) amb l'original —el que se'n va eliminar o modificar i, en especial, com es va modificar— exposa la maduresa i la progressió de l'escriptura rodorediana. *Aloma* esdevé, així, la peça que enllaça l'etapa inicial de l'autora amb les fases posteriors de la seva producció, separades per la ruptura traumàtica de 1939. Aquest pont entre l'activitat de preguerra i la de postguerra fa evidents tant les sòlides bases que Rodoreda va assentar en els anys trenta com les diferències personals i col·lectives, literàries i culturals, entre cadascun d'aquests dos moments vitals i històrics.

Mercè Rodoreda i Gurguí neix el 10 d'octubre de 1908. Passa els primers trenta anys de la seva vida al barri barceloní de Sant Gervasi, en un ambient familiar que li alimenta l'interès per la literatura. El 1928 es casa amb el seu oncle, vingut d'Amèrica, i el 1929 té un fill. Poc després, el 1931, fa un pas clau per al seu futur com a dona de lletres: entra al Liceu dirigit per Delfí Dalmau, el qual impulsa la seva entrada en el món cultural. L'any següent, Rodoreda comença una carrera literària sense aturador: publica quatre novel·les —*Sóc una dona honrada?* ([1932]), *Del que hom no pot fugir* (1934), *Un dia de la vida d'un home* (1934) i *Crim* (1936)— i participa en el volum assagístic *Polèmica* (1933), de Dalmau; escriu una obra de teatre (inèdita i perduda) i alguns contes infantils i per a adults, que apareixen a la premsa; guanya diversos premis; des del setmanari *Clarisme*, desplega una activitat periodística indicativa del seu compromís cultural i dels seus plantejaments literaris, en plena sintonia amb la modernitat; entra a formar part del cercle d'escriptors d'Edicions Proa, i intervé activament en el Club dels Novel·listes. En només quatre anys, en definitiva, es fa un nom com a escriptora (Real 2005).

Quan el juliol de 1936 es produeix l'alçament feixista, Rodoreda no interromp la seva tasca. Al contrari. En les noves circumstàncies bel·licorevolucionàries, publica narracions de guerra i, amb *Aloma*, es consolida com a valor literari. També integra l'Agrupació d'Escriptors Catalans, i treballa per al Comissariat de Propaganda i a la Institució de les Lletres Catalanes. El gener de 1939, davant la imminent entrada de les tropes franquistes a Barcelona, es veu obligada a marxar a França. Durant la guerra s'ha separat del marit, i ara deixa enrere tota la família. Refugiada amb altres escriptors a Roissy-en-Brie, inicia la relació amb el crític Joan Prat, àlies Armand Obiols. Comença un complicat periple personal (Obiols és casat) al qual aviat se sobreposa la Segona Guerra Mundial. Rodoreda ha de fugir de l'ocupació alemanya i sobreviu cosint. Són uns anys molt difícils (Campillo 1994 i 2002). Malgrat tot, l'autora segueix escrivint quan pot (contes, poemes, teatre...), perquè, com explica a l'escriptora Anna Murià en una carta del 19 de desembre de 1945, té una cosa ben clara: «A la més petita ocasió tornaré a fer una entrada de cavall sicilià. No hi haurà qui m'aturi» (Rodoreda 1991: 81).

I així és. Instal·lada a Ginebra a partir de 1954, Rodoreda obre una etapa d'intensa producció que suposa la veritable represa de la seva carrera, amb nombrosos premis i, sobretot, cinc llibres que exposen un mestratge detonant: *Vint-i-dos contes* (1958, Premi Víctor Català 1957), el qual desclou les diverses vies de les obres posteriors; *La plaça del Diamant* (1962), amb què l'autora projectarà la literatura catalana vers confins aleshores impensables; *El carrer de les Camèlies* (1966, Premi Sant Jordi 1966, Premi de la Crítica 1967 i Premi Ramon Llull 1969), *Jardí vora el mar* (1967), i *La meva Cristina i altres contes* (1967). Aquesta és, en paraules d'estudioses i estudiosos diversos, una dècada prodigiosa. S'engega, a més, la preparació de les *Obres completes* (1976-1984), per a les quals l'autora refà *Aloma*, editada independentment set anys abans que en surti el primer volum.

Mercè Rodoreda es llança més que mai a la creació literària, autèntic nucli de la seva activitat com a escriptora i intel·lectual al llarg de tota la seva trajectòria. Tan sols en l'àmbit narratiu, en aquests anys desplega dues línies creatives paral·leles i complementàries, indestriables: una d'aparença més realista i una de més clarament simbòlica, que representen paradigmàticament *La plaça del Diamant* i *La mort i la primavera* (una novel·la que no es donarà a conèixer fins després de la seva mort). Fruit d'un treball ininterromput —ara pot viure dedicada de ple a escriure—, encara donarà títols de la categoria de *Mirall trencat* (1974), *Semblava de seda i altres contes* (1978), *Viatges i flors* (1980, Premi Ciutat de Barcelona) o *Quanta, quanta guerra...* (1980, Premi de la Crítica Serra d'Or). Els últims deu anys de la seva vida els passa a Catalunya, on torna el 1973 (dos anys després de la mort d'Obiols). S'instal·la a Romanyà de la Selva. A cavall de la transició i del primer govern de la Generalitat restituïda, obté un reconeixement institucional definitiu, significat sobretot pel Premi d'Honor de les Lletres Catalanes de 1980.

El 13 d'abril de 1983, Mercè Rodoreda mor a causa d'un càncer. El seu fons personal i els drets d'autor dels seus llibres passen, per voluntat seva, a l'Institut d'Estudis Catalans (IEC). La Fundació Mercè Rodoreda (FMR), instituïda dins de l'IEC per gestionar aquest llegat, ha publicat pòstumament un conjunt important de textos inèdits. Fins avui han sortit les novel·les *La mort i la primavera* i *Isabel i Maria*; diverses obres teatrals —recollides a *El torrent de les flors*—, o els poemes i les cartes intercanviades amb Josep Carner que es poden llegir a *Agonia de llum*. La FMR també està autoritzant i vehiculant la recuperació d'escrits dispersos (en llibres com *Un cafè i altres narracions*, per exemple), o dels títols que, a causa del rebuig de l'escriptora, no s'havien tornat a editar d'ençà dels anys trenta.

La FMR, igualment, ha organitzat un arxiu amb els seus papers privats. És una llàstima que, en alguns casos, això hagi derivat en l'explotació de determinats episodis al marge de la trajectòria literària i que sovint s'hagi fet una lectura parcial, esbiaixada i poc rigorosa (més centrada en el reclam morbós que en una altra cosa) dels documents i de la informació sobre la vida i les relacions de Rodoreda. Naturalment, l'interès per la dimensió humana de les escriptores i els escriptors és tan legítim com comprensible, en especial si es tracta d'una figura important. Els escrits íntims, d'altra banda, solen aportar informació rellevant per als estudis literaris. I sempre és una bona notícia que la literatura sigui present en els mitjans de comunicació. Però sobretot ho és que se'n llegeixi. En mots de la mateixa Rodoreda, «allò que més compta, [és] l'obra feta», en especial «ben feta» (Rodoreda 1991: 105). La literatura té una vida pròpia més enllà de la persona que l'ha escrita. Fins i tot quan presenta una relació amb la seva biografia, com és el cas d'*Aloma*.

ALOMA, NOVEL·LA AUTOBIOGRÀFICA?

Aloma explica la història d'una noia barcelonina de divuit anys, òrfena, i un germà de la qual es va suïcidar, que viu en una casa de la part alta de la ciutat amb el seu germà Joan (força més gran que ella), la seva dona (Anna) i Dani, el fill de tots dos. El relat abasta des del moment que esperen l'arribada de Robert, el germà d'Anna que ve d'Amèrica a passar una temporada, fins que, després que hagi marxat sense saber que Aloma espera un fill seu, han de deixar la casa perquè no en poden pagar la hipoteca que Joan hi ha imposat a fi de satisfer els capricis de Coral, l'amant que l'ha acabat deixant per un altre.

La relació entre Robert i la protagonista és l'eix argumental de la novel·la. Aquest eix remet a dos temes literàriament molt tractats (de manera il·lustre, respectivament, a *Teresa dels Urbervilles*, de Thomas Hardy, i a *Madame Bovary*, de Gustave Flaubert): la seducció d'una jove ingènua per part d'un home madur i l'amor socialment il·lícit com a sortida de l'existència grisa i mediocre d'una dona jove. Però també és fàcil establir-ne la correlació amb la història de Rodoreda i el seu marit.

La connexió entre la vida i la literatura ha estat

una peça central en la majoria d'anàlisis d'*Aloma*. Des que, tot posant els fonaments dels estudis rodoredians, Carme Arnau va publicar el seu primer llibre sobre la narrativa de l'escriptora de Sant Gervasi, la lectura biogràfica havia fet més fortuna que les que apuntaven en altres direccions. Les darreres aproximacions a l'obra de preguerra de Mercè Rodoreda, però, semblen haver modificat aquesta circumstància, com suggereix la presentació a la recent publicació de la versió de 1938 (Rodoreda 2006). Arnau, que n'és la curadora (i que ha estat i és una de les principals responsables de la difusió de l'obra de l'autora a Catalunya), hi emfasitza el paper de la cultura i de la literatura com a fonts essencials de la novel·la i insisteix en la naturalesa estrictament ficcional d'aquesta. Ens trobem, doncs, en un punt d'inflexió pel que fa a la comprensió més estesa del text. I cal felicitar-se'n, perquè Rodoreda, des d'una consciència lúcida dels perills de confondre's en aquest sentit, es va esforçar molt a marcar les diferències entre els universos narratius i allò que queda fora del seu espai.

Aloma és una prova molt significativa d'aquest esforç en la mesura que no només transcendeix el paral·lelisme vida/literatura, sinó que invalida la lectura biogràfica del text des de dins del text mateix. La protagonista, en escriure cartes d'amor a un promès imaginari inspirat en Robert, pren consciència —i, per tant, convida a prendre'n a qui llegeix la novel·la— de la distància existent entre la realitat i la ficció. Aloma s'adona dels mitjans pels quals la primera pot convertir-se en literatura alhora que esdevé, ja, una altra cosa. I també s'adona de les dificultats i les trampes subjacents en tot plegat. La mateixa obra, així, demostra que la creació literària és una mena de realitat diferent i que manté les seves pròpies lleis (almenys, si té qualitat) fins i tot quan neix de la vida. L'episodi de les cartes, de fet, demostra que realitat i ficció no es poden superposar directament.

Aquest és un aspecte que contenen tant la versió de 1938 com la de 1969. A la llum de la naturalesa dels dos textos, cal concloure que l'un i l'altre s'expliquen molt millor com a narracions del seu temps que com a transposicions literàries d'un fet viscut. I cal dir que és justament perquè l'*Aloma* republicana s'entén sobretot en el seu context i perquè la nova versió n'esborra les traces que les dues narracions resulten tan diferents.

L'*ALOMA* DELS ANYS TRENTA, FITA I TESTIMONI D'UN TEMPS

La novel·la acabada el 1936 és el punt d'arribada natural, en el sentit de lògic i conseqüent, de la trajectòria que Rodoreda inicia el 1932. Amb una aposta integral per la modernitat, l'escriptora opta des del principi per escriure novel·la, que és tant el gènere per excel·lència dels nous temps (en plena crisi, tanmateix, de les concepcions que rauen a la base de la gran novel·la realista-naturalista que dóna Europa en el segle XIX) com la clau per guanyar el públic català (el mercat indispensable per a unes lletres amb garantia de continuïtat). El psicologisme en voga li ofereix una modalitat per treballar en consonància amb els interessos del segle xx. Aquest interessos giren, fonamentalment, al voltant del tema de la identitat, qüestionada d'arrel a la llum de les aportacions de la psicoanàlisi o dels espais més foscos de la condició humana que la Primera Guerra Mundial ha desclòs; és a dir, qüestionada en la seva hipotètica unitat i coherència o en les possibilitats d'entendre-la de manera racional i completa.

En relació directa amb el tema de la identitat, en la novel·la europea d'entreguerres es plantegen els problemes de la narració o, dit d'una altra manera, del llenguatge com a mitjà de construcció de sentit, com a mitjà de comprensió del món. A Catalunya, aquesta preocupació entronca amb la inquietud d'alguns autors, entre els quals Rodoreda, davant la perillosa aproximació a la literatura rosa (al pur sentimentalisme) en la pràctica de la novel·la psicològica. Cal comptar, encara, amb la precarietat de la pròpia tradició novel·lística, amb la necessitat d'un mercat i amb la importància d'educar el gust del públic perquè no només garanteixi la supervivència de les lletres catalanes, sinó que contribueixi, també, a posar-les al nivell d'Europa.

Tot plegat explica per què, entre 1932 i 1934, els tres primers llibres de Mercè Rodoreda —*Sóc una dona honrada?*, *Del que hom no pot fugir* i *Un dia de la vida d'un home*— són novel·les amb les relacions amoroses a primer terme i que posen un accent clar en la sexualitat o en motius connectats (com la bogeria provocada per la passió), sigui des de la paròdia o amb el conreu seriós del psicologisme. I que tinguin el tret comú de ser narracions bastides des de la literatura, en el primer i el tercer casos de manera explícita mitjançant la caricatura. Aquests són els temes i les vies que millor permeten posar damunt la taula literària allò que interessa. L'autora, fent proves diverses en aquests sentits, selecciona el que li convé de la tradició —precedent o coetània, nacional o estrangera— alhora que incorpora novetats rellevants i desplega un procés de reflexió sobre l'escriptura des de l'escriptura mateixa.

Entre 1935 i 1936, *Crim* i *Aloma* esdevenen les dues materialitzacions perfeccionades dels procediments amb els quals Rodoreda ha estat jugant i experimentant. Si *Crim* tensa al màxim la paròdia i la porta al terreny d'un dels debats culturals del moment (la necessitat de novel·les entretingudes en català, les detectivesques entre elles), *Aloma* integra tots els guanys de les pràctiques psicològiques anteriors i les fa convergir en l'encert de la protagonista adolescent d'una novel·la ben barcelonina.

L'escriptora s'ha anat aproximant a poc a poc a aquesta doble opció mentre desenvolupava la recerca d'un estil propi i el seu compromís amb la cultura catalana de l'època. Teresa, la casada madura de *Sóc una dona honrada?* que viu en un poble, ja és una jove que abandona la capital comtal a *Del que hom no pot fugir*. *Un dia de la vida d'un home* aporta el contrapunt paròdic a aquesta progressió amb els cinquanta anys de Ramon Rampell, la història del qual ja se situa a Barcelona. La caricatura extrema l'edat, entre altres coses, perquè el model tendeix a reduir-la. L'adolescent constitueix un ens de ficció especialment adequat (com incomptables novel·les demostren i la crítica subratlla) per tractar la qüestió de la sexualitat, de la identitat i, en darrer terme, de les profundes transformacions del moment. Sobretot si es tracta d'una adolescent urbana. La condició femenina s'erigeix en un dels exponents més visibles dels canvis de mentalitat, de costums i de paisatge polític, social i cultural que estan tenint lloc (Real 2006). I la ciutat n'és l'espai preferent i privilegiat. Per això fa temps que diverses veus reclamen una novel·la de Barcelona. Aquesta ha de ser la novel·la que, des de la qualitat i literaturitzant la realitat contemporània, atregui el públic i posi la producció catalana al nivell d'Europa.

Rodoreda escriu la primera *Aloma* en resposta a aquest reclam, al compàs del que estan fent altres novel·listes i triant uns determinats camins de la modernitat. I la seva novel·la, a diferència de la majoria de les que es publiquen en aquests anys, no desplaça la problemàtica sexual cap als espais habitats per les entretingudes, les prostitutes o les ballarines del Paral·lel, que tipifiquen l'única manera en què la societat catalana benestant (provinciana i moralista malgrat l'embolcall de les noves formes del segle xx) pot admetre la «immoralitat» públicament (Castellanos 2005). Rodoreda crea una noia normal i corrent, de classe mitjana, que busca amor i només troba sexe, una barcelonina qualsevol que busca afecte maternal i n'haurà d'acabar donant passant per sobre de si mateixa. És una jove ben versemblant, un tipus dramàticament reconeixible, a qui s'imposa la duresa de la realitat per damunt dels somnis d'adolescent. Des d'aquest punt de vista, el personatge és un símbol perfecte d'una realitat en crisi, de la transició cap a nous valors en un món que encara viu en els vells; d'una contradicció profunda que deriva en el desempar absolut.

Per tot això, *Aloma* aconsegueix interessar les lectores i els lectors. En la Diada del Llibre de 1938, i a pesar de la guerra, és un veritable èxit, avalat pel Premi Joan Crexells (creat el 1928 per impulsar la producció novel·lística). La crítica hi veu tota una fita literària:

[...] *Aloma* no és solament el Premi Crexells de 1937. És, per ella sola, la justificació i el premi d'haver creat el Premi Crexells. [...] És la novel·la que ens fa quedar millor a tots plegats i que situa la nostra producció actual en un pla honorable al costat de les altres literatures.

Obra sense ambició, és un producte equilibrat d'un propòsit, uns mitjans i un resultat. *Aloma* no volia sinó ésser la novel·la d'una noia jove «sense importància». I la importància li ve d'això. Que *Aloma* és això. Tanmateix Mercè Rodoreda ha fet el que volia. I ho ha fet admirablement, amb una naturalitat impressionant. Amb una justesa, amb una precisió, amb una contenció, amb una discreció detonants. [...]

Convé que els novel·listes catalans no deixin passar sense manifestar col·lectivament llur satisfacció per l'aparició d'*Aloma*, [...] i convindria que aquest fet [...] ens dugués a tots plegats a fer donar una empenta decisiva a la producció catalana, de tots aquests darrers temps una mica aturada i plena d'indecisions. [...] (Trabal 1938)

Mercè Rodoreda aconsegueix, amb *Aloma*, allò que perseguia des de 1932: escriure una obra moderna que faci una determinada contribució a la cultura catalana. Aquesta modernitat i aquesta contribució, com s'ha vist, volen dir unes coses ben concretes en els anys trenta. El text de 1938 hi queda indefectiblement lligat. Aquí rauen bona part dels seus mèrits i de la seva gràcia i, també, les raons fonamentals de la seva transformació en els anys seixanta. Ni Barcelona, ni el moment històric i cultural, ni el context literari, ni els interessos de l'autora, ni la seva relació amb les lletres catalanes, ni els camins creatius, no són ni poden ser iguals. Tres dècades de franquisme i d'exili, dues guerres i tantes altres coses han marcat, per sempre més, la diferència.

LA REVISIÓ DEL TEXT EN ELS ANYS SEIXANTA

Ja editada *La plaça del Diamant*, Mercè Rodoreda rep la proposta d'Edicions 62, creada de poc, per publicar les seves obres completes. La iniciativa s'emmarca en la nova etapa cultural oberta a finals dels anys cinquanta a Catalunya, en el decurs de la qual es comencen a superar alguns dels greus problemes que havien afectat la novel·la des de 1939, per bé que caldrà esperar anys, encara, perquè es regulin el públic, la crítica i les infraestructures en general i perquè es donin unes condicions mínimes de professionalització. Rodoreda és un dels noms (amb Josep Pla, Xavier Benguerel o Llorenç Villalonga) que vertebren la continuïtat amb el període de preguerra, materialitzada en el camp de la narrativa pel predomini del realisme, tot i que en un ampli i divers ventall de possibilitats.

L'objectiu de Rodoreda de seguir treballant per al país mitjançant la literatura i d'esdevenir una gran escriptora contraresta en part la desconnexió que suposa trobar-se a l'exili. L'autora procura estar al dia de la vida cultural de Barcelona (en parla amb Joan Sales, escriptor i editor seu a la ciutat, i amb Obiols) i es presenta a les convocatòries dels premis que hi ha. Malgrat la distància i l'aïllament, mai no renuncia al compromís cultural que, juntament amb l'ambició literària, anima la seva vocació. Aquest fragment d'una carta al seu fill, escrita a Ginebra el 19 de desembre de 1959, n'és una mostra:

> Havia tirat al premi de novel·la però han donat el premi a un de jove perquè sembla que volen descobrir i encoratjar valors nous. Em sap greu i no me'n sap. Em sap greu perquè hauria vingut a cobrar-lo i ho hauríem celebrat i no em sap greu perquè, per qüestió de mèrits, me n'han reconegut tants, que gairebé em sobren. La novel·la me l'editaran aviat, ja he rebut carta de l'editor, demanantme-la perquè em diu que el jurat del premi li ha recomanat. Ja n'he començat una altra per l'any vinent i cada any els n'enviaré una a veure si s'animen i si animo la joventud [sic] del país a escriure bé i en llengua indígena.

Rodoreda no sempre es pren tan bé el tracte que rep a Catalunya. Decidida a imposar-se com a autora, el fet de no obtenir el guardó se li converteix en una autèntica espina clavada al cor. El 3 de gener de 1962, nascut el seu segon nét, escriu al fill: «En quant a venir jo, no ho sé... treballo molt i em claven cada revés que em deixen estirada a terra per uns quants mesos. Però no hi dono més importància que la que té. Un amic meu em deia que el fet que no em donin el premi de novel·la és molt bon senyal, perquè demostra que sóc massa bona per al país».

A pesar que de moment no guanya el Premi Sant Jordi (recordem que l'obtindrà el 1966 amb *El carrer de les Camèlies*) i de les seves impressions contràries, els agents de la cultura catalana s'adonen que Mercè Rodoreda és una figura d'inqüestionable relleu, fonamental per a la literatura catalana. Per això li fan propostes diverses, com que iniciï la publicació de les seves obres completes. Rodoreda ho accepta, però imposa el rebuig dels precedents d'*Aloma*. D'ara endavant, anomena «les quatre impossibles» les novel·les anteriors. Si decideix recuperar la cinquena, és sobretot pel que té de culminació inicial d'un esforç tenaç i sostingut, és a dir, pel punt d'arribada i el reconeixement que representa en la primera etapa de la seva carrera.

La prova d'aquest fet la propociona la profunda transformació a la qual sotmet la narració, que queda desproveïda de gairebé tots els elements que la vinculen als seus orígens. Els nous interessos rodoredians —els mateixos que presideixen les altres obres de la dècada— demoleixen els aspectes més purament contextuals d'*Aloma*, els més històrics en un sentit estricte (els més dependents de la realitat literariocultural, social i política dels temps republicans). Alhora que elimina aquests aspectes, Rodoreda incrementa el lirisme, reforça els components simbòlics del relat i en potencia la dimensió de novel·la sobre la condició humana. També corregeix defectes tècnics. Amb l'ofici adquirit, poleix el text i el despulla de la seva circumstancialitat, de qualsevol cosa que hi parli directament de la Barcelona i de la societat catalana dels anys trenta. La representació d'un temps històric, cultural i literari (el seu esperit, per dir-ho així) es dilueix per complet.

La finalitat de Rodoreda és actualitzar *Aloma* i accentuar-ne la validesa genèrica i literària des dels paràmetres del realisme psicològic impregnat de poeticitat que conrea en l'etapa de postguerra. Aquest realisme no exclou les facetes més amagades i extraordinàries, no necessàriament visibles o conscients, de la realitat. Al contrari. Les nodreix i se'n va servint cada vegada més. Els resultats són, altra vegada, les dues cares d'una mateixa moneda. Si en els anys trenta aquesta moneda havia estat la novel·la psicològica (en la seva versió seriosa i en la seva versió paròdica), en la dècada dels primers prodigis rodoredians es tracta de la novel·la simbòlica, bé sigui en la seva forma més realista o en la seva forma més fantàstica, entenent els tres adjectius en sentit ampli. Cal recordar la gestació paral·lela de *La plaça del Diamant* i de *La mort i la primavera*, que en són, com s'ha dit, els dos títols paradigmàtics. Rodoreda sap perfectament el que vol i el que es fa. L'epistolari amb Obiols i amb Sales ho testimonia. El 28 de setembre de 1961 l'autora explica a l'editor que *La mort i la primavera* serà «una novel·la tan desolada —però no decadent— que farà créixer els cabells fins als peus a tots els que la llegiran: de tristesa. No hi passarà res. No hi haurà amor. I serà una novel·la d'amor. I de soledat infinita». El 12 de juliol de 1961, ell li ha dit això sobre *La plaça del Diamant*: «[...] [C]oses així no s'obtenen sense un esforç tibant, sense una consciència molt lúcida del que un es proposa».

En aquest nou marc creatiu, la revisió d'*Aloma* respon a la voluntat clara de concentrar la força de la història en el que té de drama humà, d'experiència extrapolable més enllà de l'anecdòta concreta. Des de la perspectiva de la Rodoreda dels anys seixanta, es tracta, també, de millorar-la literàriament. Per aconseguir-ho, cal treballar el fluir mateix del discurs narratiu. Perquè, com afirma dues vegades al pròleg de *Mirall trencat*, «una novel·la són paraules» (Rodoreda 1984). L'autora ho concep així des dels inicis de la seva trajectòria, i ho confirma amb l'experiència com a lectora i com a escriptora. Són les paraules les que donen el to i l'estil, la veu literària que, mitjançant el *com*, dóna sentit, qualitat i interès artístic al *què*, a la història que es relata. Obiols ho recalca la tardor de 1961 amb referència a la qüestió del Premi Sant Jordi. El 3 de novembre d'aquell any, declara:

Estic molt content que hagis acabat La Mort i la Primavera i que et sembli que està molt bé. Ja tens dues novel·les bones enllestides i a punt de publicar. És molt important. I el que encara ho és més és que et trobis ja submergida en un període de creació, i amb un estil, millor dit, amb un «to», que és el que manca al 80 per cent de la gent que escriu.

El crític té una percepció cristal·lina de la vàlua literària dels textos rodoredians. Aquests mots procedeixen d'una carta del 27 de juny de 1962:

Amb la Plaça [*La plaça del Diamant*], la M. [*La mort i la primavera*] acabada, una altre [sic] novel·la i un volum amb 20 contes com els que tens inèdits i alguns del llibre, pots plegar d'escriure convençuda de què [sic] en totes les històries de la lit. catalana ocuparàs tot un capítol. I que els nets dels teus nets [sic] et llegiran amb el mateix plaer que en Sales.

Obiols tenia tota la raó. Les novel·les de Mercè Rodoreda no han deixat de llegir-se. En continuen apareixent edicions en català i traduccions. *Aloma* no té, certament, la magnitud de *La plaça del Diamant* o de *Mirall trencat*; ni n'ha obtingut el ressò, com és lògic. Però segueix interessant el públic en la seva qualitat de novel·la sobre un dels temes més universals que hi ha: l'amor i els falsos somnis que l'embolcallen.

L'AMOR I ELS FALSOS SOMNIS QUE L'EMBOLCALLEN. PROPOSTA DE LECTURA D'*ALOMA*

L'*Aloma* que Mercè Rodoreda dóna com a text definitiu ja no és una novel·la que tematitza la crisi de la societat catalana dels anys trenta des de les tendències literàries de l'època. Encara que parteix d'aquesta base, l'*Aloma* de 1969 és una narració molt més genèrica, i de la qual es poden fer lectures diverses. Aquí se'n proposa una a partir d'un tema essencial (clau en la versió de 1938 i redimensionat en els anys seixanta): la fi dels somnis de la protagonista. La qüestió remet, en darrer terme, al desencaix entre com ens agradaria que fossin les coses —com les imaginem idealment— i la manera en què la vida s'imposa tal com és, sense concessions.

Aquest tema pren cos en la història d'una adolescent, un símbol per excel·lència de l'entrada a la vida, a la consciència i a l'assumpció de responsabilitats en la presa individual de lloc al món. Els anhels íntims d'Aloma (un futur feliç canalitzat per l'amor d'un home) reverteixen en una maternitat traumàtica, en solitari i socialment rebutjada, que l'anul·la com a persona. Al voltant seu, tot apuntava aquesta mena de mort en vida. Ella, distreta i fantasiosa com és —com la caracteritza la narració—, no ho veu (i si ho veu, procura mirar cap a una altra banda). Però qui llegeix, si ho fa atentament, sí, perquè cadascun dels elements del relat té una clara funcionalitat a favor de la fi dramàtica i vulgar, corrent i alhora impactant, emotiva, de la seva relació amb Robert. Entre aquests elements, els més significatius són el temps, l'espai, les històries paral·leles, els símbols, el punt de vista i el tipus de narració. Tot plegat confereix una estructura perfectament definida a la novel·la, que des de la seva mateixa obertura anuncia el final cap al qual es dirigeix la protagonista: ser una més de les «noies que plantaven cara a la vida, sense somnis».

El temps i l'espai

El temps opera en diferents nivells dins de la narració. En el nivell més obvi hi ha el temps factual, cronològic: el temps de la història específica de la noia, que correspon als mesos que van de la preparació de l'arribada de Robert al moment que Aloma deixa casa seva per no tornar-hi mai més. Es tracta de diversos mesos d'un any que queda indeterminat més enllà de la posterioritat de la data del reixat (1886) i, de manera més precisa, respecte dels Fets d'Octubre de 1934, als quals es fa referència al capítol IV (Joan i Robert en parlen i Aloma voldria fer-los callar perquè recorda el que va veure).

Aquest temps de la història, tanmateix, no s'escola a un ritme constant. La distribució desigual de l'espai textual en aquest sentit —la desproporció que existeix entre les pàgines dedicades a unes hores, un dia o un mes— subratlla la importància de determinats moments. Un exemple evident n'és el capítol primer, que cobreix un lapse diacrònic més breu que cap altre (una tarda, la tarda que Aloma baixa a comprar a Barcelona) però, en canvi, s'allarga considerablement. Això no és així perquè sí: aquestes pàgines proporcionen la perspectiva de la narració, caracteritzen la seva protagonista, introdueixen el tema principal de l'obra i els motius que s'hi relacionen, inclouen símbols premonitoris fonamentals (la gata, el llibre i les cortines) i expliquen alguns detalls i esdeveniments anteriors a l'inici de la trama que hi tenen pes (en concret, el suïcidi de Daniel). El ritme s'alenteix, doncs, a fi de desplegar les claus de la novel·la. Tot allò que hi és essencial ha quedat presentat.

Els mesos de la vida d'Aloma que constitueixen el temps de la història, d'altra banda, es corresponen a la primavera, l'estiu i la tardor. Més enllà de l'argument i del destacat d'elements, aquest fet projecta el component temporal cap a un tercer nivell de significació en relació directa amb la tradició literariocultural. Com és sabut, les estacions hi tenen un sentit simbòlic amb referència a les edats humanes, l'experiència vital i el cicle de la natura: la primavera és la metàfora del naixement i el temps de l'amor; l'estiu representa el punt àlgid de l'existència, la plenitud i la maduresa; la tardor correspon a la davallada i la vellesa, i l'hivern, a la decadència i la mort. *Aloma* es pot llegir, sens dubte, a la llum d'aquestes correlacions.

La trama d'*Aloma* s'obre poc abans de Sant Jordi. L'abril és el mes en què transcorren els fets dels dos primers capítols de l'obra (el tercer, on s'explica l'arribada de Robert, comença amb aquesta frase: «L'abril havia passat de pressa carregat de flors i amb moltes pluges»). El maig i el juny marquen l'acostament dels dos personatges, la primera relació sexual dels quals es produeix la nit de Sant Joan (aquesta nit que marca el solstici d'estiu i és la més curta de l'any —el moment en què la llum domina durant més hores a la Terra—; una nit màgica i carregada de significació, que suposa l'entrada en el període de la calor i del sol). Aloma, passats uns dies inicials de por, desesperança i angoixa a causa dels propis sentiments contradictoris i del mal humor de Robert (que ha rebut una carta d'Amèrica), sent esclatar una passió delirant, una felicitat que sembla que no hagi de tenir fi. Però en té: el marca el capítol XIV, en què també es dóna a entendre que ha començat la tardor («El til·ler, que a primeries d'agost ja s'havia començat a esgrogueir, es desfullava; les poncelles del roser que feia dues florides l'any tenien el voltant de les fulles recremat i a penes podien obrir-se. Tothom deia que l'hivern no trigaria perquè l'estiu havia estat molt avançat»). L'estació més freda de totes, que ja s'anuncia aquí, reapareix a l'últim capítol, a les darreres ratlles de la novel·la: «Les cases estaven tancades. L'hivern vindria a vetllar-les. / I Aloma es va perdre carrers avall, com una ombra, dintre de la nit que l'acompanyava».

En aquest final, l'hivern imminent tanca el cicle obert per la primavera vint capítols abans. La fase vital en què es troba Aloma s'associa a la idea de la desaparició del personatge —una idea la significació de la qual reforcen la nit i la comparació de la noia amb una ombra. També la reforcen les cases tancades, que, en una línia de significacions que se sobreposa a la del temps, clouen d'una altra manera la trajectòria que obre el primer capítol. L'obra comença quan Aloma surt de casa seva i tanca el reixat per començar a fer efectiva una il·lusió: unes cortines noves per a la seva habitació. Si en l'episodi inicial la protagonista es desplaça al centre de la ciutat per anar a buscar l'objecte del seu petit somni de felicitat, en l'última escena ha d'abandonar la casa per força i baixar carrers avall, cap a la realitat de debò. Aloma ja no pot dubtar que la il·lusió era una fal·làcia i que, lluny d'allò que havia somiat, l'esperen la solitud i el menyspreu. El paral·lelisme espacial emfasitza la inversió.

La casa amb jardí no és solament un component argumental, sinó que funciona com a espai simbòlic al llarg de tota la novel·la. És l'espai alhora obert i tancat, segur i aïllant, acollidor i trist, senyor i decrèpit. És el lloc on no passa res i on ocorre tot, on broten els arbres i les flors a la primavera i on cauen les fulles a la tardor; on pesa l'aire immòbil i on bufa el vent aterridor. La casa és el lloc del sexe destructor, de la passió arravatadora, de la indiferència i del desig, de l'afecte i del rebuig, de l'amor (per bé que no ideal) i de la malaltia. És l'espai de la vida i de la mort, indestriables. La casa és el correlat de l'existència d'Aloma, definitivament perduda per l'efecte destructiu de la passió. A pesar que ni Aloma mor ni la casa és derruïda, ambdues veuen desaparèixer la vida que han tingut. La noia s'aboca a un futur difícil i previsiblement infeliç per la relació amb Robert i el fill que n'espera. La casa passa a unes altres mans per efecte de l'obsessió per Coral de Joan.

Més enllà del clos familiar hi ha altres cases de Sant Gervasi, explícitament ubicades en aquest barri de Barcelona i igualment connotatives dels éssers que hi habiten. El pis de Coral o la casa abandonada on viu una família pobra i desgraciada en són dos exemples significatius. Més enllà d'aquest entorn tan conegut, encara, hi ha els carrers de la ciutat. Hi ha, de fet, la ciutat sencera: una Barcelona que Aloma recorre puntualment. El marc urbà es presenta en termes boirosos, físicament poc definits, perquè no n'interessa tant l'entitat real com la significació simbòlica. La ciutat representa un món que engloba, com la casa, tots els matisos de la realitat: les alegries i les tristeses, els somnis i les desil·lusions. Aloma hi pateix els aldarulls provocats per una manifestació, s'hi distreu i s'hi deixa les cortines. També és on hi ha flors i gent, on batega la vida. D'aquest món ve Robert, amb el qual hi passa les hores delicioses de la revetlla de Sant Joan; i a aquest món retorna. Al final de la novel·la, Aloma es veu abocada indefectiblement cap a aquest món del qual li arriba «la remor sorda» i on les noies s'enfronten a la vida al marge de les il·lusions.

Els símbols i les històries paral·leles

Aloma està farcida de símbols i d'històries paral·leles que presenten graus diferents de significació i importància dins de la narració. Com l'espai i el temps, els uns i les altres, sovint en vincle directe, doten el relat de profunditat significativa. Aquesta dimensió transcendeix la línia argumental estricta i dóna categoria literària (interès artístic) a una història quotidiana i vulgar en el sentit de poc extraordinària i comuna, gens estranya a la vida ni a les novel·les.

La primera història paral·lela que apareix és la de la gata. El record del mascle assetjant la femella moribunda justifica l'exclamació d'Aloma que dóna entrada a la novel·la: «L'amor em fa fàstic!». És l'amor, tanmateix, el que provoca la seva repugnància? Més que de l'amor, es tracta del sexe. O d'un amor indestriable de la sexualitat. Aquesta mena d'amor provoca un procés de destrucció irreversible. Tant per a la gata com per a Aloma, entre les quals es produeix certa identificació que es materialitza textualment al capítol XVI, en el fàstic i el mareig que Aloma sent quan Robert hi vol tenir relacions després que li hagi hagut de demanar diners per salvar la casa i en l'insult d'ell quan ella, desesperada, li mossega el llavi («Bèstia!», li diu). També al capítol final, en què la noia imagina la repugnància que sentirà la gent davant seu en saber que està embarassada.

La gata és un animal de carrer, abandonat, brut, trist, malalt i atemorit, que no para de tenir gatets a causa del domini i els abusos del mascle. Aloma és una noia òrfena, trista per la mort del seu germà i la vida que porta, que es queda embarassada i a qui Robert abandona. El destí tràgic de la gata prefigura el destí de la noia: és com un mirall que mostra una determinada imatge del que li espera. Abans de l'arribada de Robert, la gata se li apareix en somnis i li aconsella que no es casi. Irònicament, Aloma no es casarà, però patirà la mateixa sort que l'animal (una sexualitat anorreadora, que imposa la vida —l'impuls instintiu de l'espècie— a qualsevol preu). Altra vegada se sobreposen el sexe i la relació amorosa (fins i tot dins del matrimoni), i va quedant clar a quina mena d'amor s'enfronta la protagonista.

Una mena d'amor és, precisament, el títol del llibre que Aloma compra la mateixa tarda que recorda l'episodi de la gata i que es diu a si mateixa que l'amor li fa fàstic. Aquesta novel·la de l'escriptor C. A. Jordana, publicada a Barcelona el 1931 i que relata una relació sexual, li sembla escruixidora i torbadora, i l'amaga perquè ningú no la descobreixi. De la mateixa manera que amaga, més endavant, la relació amb Robert. I és que el llibre i la relació també s'equiparen: en ambdós casos, allà on la noia esperava amor només hi ha sexe descarnat. Quan Aloma escriu la segona carta a l'estimat imaginari que el cunyat li inspira, la deixa dins del llibre, que oblida perquè comença la relació de veritat (i ja no necessita llegir allò que està vivint). El volum és un altre indici de la seva experiència amb Robert.

En el darrer capítol, Aloma retroba el volum a l'habitació de Robert juntament amb la carta. En rellegir-ne l'encapçalament des de les noves circumstàncies, una constatació amarga precedeix la destrucció de la seva fantasia escrita: «Que n'era de ruca! Li va semblar que de tot allò feia molts anys i va esquinçar la carta». Igualment, abandona el llibre en una mena d'ofrena al seu germà mort, que no va acceptar la realitat i va decidir no seguir vivint. Ella pren una altra opció, però és una opció que exclou la literatura i les falses il·lusions. En la mateixa escena, just abans, Aloma ha despenjat les cortines, que no n'eren sinó un altre símbol.

En el capítol I, Aloma viu tota una peripècia en anar a comprar la tela per fer unes cortines noves per a la seva habitació. La il·lusió de la compra s'enterboleix pel descuit que té: es deixa el paquet al quiosc on compra el llibre i no se n'adona fins que ja és al tren. Com que no té prou diners, ha de tornar a peu, sota la pluja i molt més tard que no havia previst. Després d'haver aconseguit resoldre la situació amb més o menys èxit, Anna li fa saber que ella i Joan han decidit que les cortines siguin per a Robert. L'home encara no ha arribat i ja li usurpa una cosa que ha esperat molt de temps. Exactament igual ha d'ocórrer en la seva relació. Al final de la novel·la, Aloma despenja les cortines i s'ennuega amb la pols. L'objecte desitjat és brut i gairebé se'l descuida. El somni de les cortines noves, com el somni de l'amor, ha perdut tota la seva gràcia i esplendor. En queda la realitat nua: una tela empolsegada i una noia sola que deixa enrere qualsevol falsa esperança.

La pèrdua d'aquesta esperança és accentuada per allò que es deriva de l'adulteri de Joan. La seva passió malaltissa per Coral, que no l'ha estimat mai i s'hi entrega per raons materials, basteix una línia paral·lela a la de la noia i Robert, per bé que modifica diversos termes de la relació entre ells. Tant Joan com Aloma pateixen les conseqüències d'haver cedit als instints sexuals i d'haver-ne esperat amor. No només es queden sols, sinó que han d'assumir les implicacions dels seus actes: la pèrdua de la casa i la maternitat en solitud. El patrimoni familiar i la individualitat es fonen simultàniament per articular una nova realitat, la de debò, representada pel desplaçament a un pis sorollós, petit, brut i fosc, que Anna diu que li cau a sobre i on anuncia que s'hi moriran tots.

L'entorn del barri, a Sant Gervasi, no ofereix un paisatge gaire més acollidor. Les dones que hi viuen són majoritàriament desgraciades en l'amor. Mercè, una veïna vídua, pesada i poc agraciada, que recomana a Aloma que no es casi, no para de parlar del seu marit tot i que s'havien estimat poc temps i que ell l'enganyava, la maltractava i vivia a la seva esquena. Carme Vidal, l'única amb un matrimoni feliç, se separa a causa de la gelosia que el naixement d'una filla provoca en el seu home. Coral, que aparentment és la més lliure, confessa haver estat amb Joan per cansament, joies i diners, i no sembla estar gaire enamorada de Joaquim, el jove que Aloma coneix quan intenta recuperar infructuosament l'anell que el seu germà li ha regalat. Una de les figures més tristes és la noia lletja, espellifada i bruta, de catorze anys, de la casa abandonada, a la qual el pare està a punt de matar perquè el marit l'abandona després de deixar-la embarassada.

Els homes, encara que apareixen molt menys representats en el mosaic humà de la novel·la, no tenen gaire més sort. Daniel és mort. Joan és un desgraciat. Robert està atrapat en la seva passió per Violeta. El vell Cabanes, després d'haver deixat la família sola durant els dotze anys que va viure al Perú, s'està a casa seva com si no en formés part, i n'ha d'acabar marxant perquè es baralla amb el fill.

L'inici del capítol XII (el del matí següent a la primera relació sexual) és un dels nombrosos testimonis textuals de la rellevància de les històries secundàries en la construcció de la novel·la. Mitjançant el paral·lelisme significatiu, el fragment següent, per exemple, vaticina el compliment inevitable del desig d'Aloma: desaparèixer en una nit llarga i fosca.

> No hauria volgut que el seu germà la veiés i tenia ganes que es fes de nit de pressa; una nit ben fosca, llarga. Mercè havia dit més d'una vegada que els homes, quan han aconseguit el que volen d'una dona, comencen a avorrir-la. Carme estava separada del seu marit i s'havien estimat molt. Anna, els dies que estava ensopida, deia: «Si hagués sabut com és la vida...» I Joan: «Et cases per tenir una companyia i després és un dogal.» Era com si aquelles veus la voltessin parlant-li de les seves vides tristes.

Els personatges, amb les seves vides tristes, prefiguren la vida trista d'Aloma, el seu destí.

El punt de vista i la narració

En l'articulació narrativa d'aquest destí, la visió de les altres figures i de les seves vides, dels objectes i dels espais, ens arriba a través dels ulls d'Aloma. La seva percepció, personal i per tant parcial, esdevé fonamental pel que fa a la perspectiva que s'ofereix i, doncs, a com s'explica la història. És a dir, determina la història que s'explica.

Les frases inicials de la novel·la ja resulten indicatives de quin és el punt de vista: el de protagonista. És únicament des de la subjectivitat d'Aloma que es desgranen els fils de la relació amb Robert, de la malaltia de Dani, de l'adulteri de Joan, del tracte d'Anna amb la família, del que passa al barri... Des de la noia i amb la noia, situant-nos gairebé dins seu, sabem com se sent, com viu els mesos en què es concentra el relat, com pateix, com bascula de l'avorriment i la tristesa a l'alegria, la il·lusió i la broma, com es desespera.

Convé fixar-se, no obstant això, que aquesta focalització es desplega mitjançant un discurs que no es correspon a la primera persona. No parla Aloma de manera directa, sinó que és com si una veu en *off* anés relatant la seva història. I és que el responsable últim d'aquesta història és un narrador en tercera persona. La sola excepció en són els diàlegs, que proporcionen les paraules dels personatges sense cap tipus de mediació.

El joc entre la narració en tercera persona i la focalització interna en la protagonista possibilita la introducció de tots els recursos i els procediments que vehiculen la comprensió de molt més que no es diu. Per entendre-ho de pressa: el narrador «sap» moltes més coses que el personatge (com acabarà la seva relació amb Robert o que Joan està enganyant la seva dona, entre altres), però «espera» que el personatge les descobreixi perquè la història ens arriba per via de la seva experiència. La informació es dosifica a fi que el relat guanyi en versemblança i efecte emotiu. Els símbols, les històries paral·leles o la càrrega metafòrica de l'espai i el temps, insinuant el que ha de venir, treballen en la mateixa direcció. I al darrere d'aquesta operació, és clar, hi ha la sàvia mà de Mercè Rodoreda. Les citacions que obren cada capítol, que hi aporten una clau de lectura (alhora que mostren la vindicació de la tradició literària per part de l'autora), la delaten igualment.

D'aquí resulta una de les millores substancials del text de 1969. Malgrat que el de 1938 havia suposat una primera fita en aquest sentit dins de la trajectòria de l'autora, el narrador en tercera persona queda molt més diluït en pro d'una perspectiva més creïble i ajustada. Vegem-ne un exemple. A contracor, a petició de Joan, en el capítol XVI Aloma demana diners a Robert per salvar la casa. Aquesta és la resposta d'ell dins de la conversa en el text primigeni:

—Tots faríem el brètol si sabíem que un parent ens havia de salvar!

El guaita esbalaïda. No el coneix encara així. El veu tirar la cigarreta en un racó de la cambra i passejar-se amb les mans a les butxaques i el cap alt. L'ofensa de Coral era una cosa: venia d'una persona que no significava res en la seva estima. Ara és més important: per venir de qui ve i perquè l'ateny a ella. «Tots faríem el brètol...». Així, el seu germà, pel que ha fet, és un brètol; ¿i ell?... El mira amb la boca closa, tota ella tremint. Ell se li acosta.

—A més, ell sap que no els tinc. Ja vaig dir-li-ho. No sé perquè repeteix el prec.

I aquest és el resultat de la revisió dels anys seixanta:

—Vols que et digui una cosa, Aloma? Tots faríem el brètol si sabéssim que un parent ens havia de salvar.

El va mirar esbalaïda. Ho esperava tot, menys allò. Robert se li va acostar:

—El teu germà sap que no tinc diners. No fa gaires dies que li ho vaig dir.

El que se suggereix i es dóna a entendre incrementa la qualitat de la construcció psicològica d'Aloma, de l'articulació literària i, també, de la dimensió simbòlica del relat, del seu interès més enllà de la història específica d'aquesta noia. L'*Aloma* de 1969, així, ofereix un cas ficcional d'una experiència universal en el que té de profundament humana: el dolor per la pèrdua d'un somni de felicitat i el difícil aprenentatge vital que se'n deriva.

ALOMA

Als meus pares

I

I bé, tot m'apareix en la forma més grollera, més repugnant.

TOLSTOI, *Anna Karenina*

—L'amor em fa fàstic!

Havia pensat tota la tarda en aquell pobre gat i, sense voler, va tancar el reixat d'una revolada. A dalt de tot, entre rodones i cargols de ferro despintat, mig decantada i coberta de rovell, es veia una data: 1886. Havien comprat el reixat feia uns quants anys, a preu de ferro vell, en l'enderroc d'una finca expropiada per eixampla. La casa de seguida va semblar més senyora. I el jardí. Abans tenia una porteta de fusta i si el qui hi entrava era massa alt s'havia d'ajupir una mica.

El reixat, més ample, va deixar passar més aire i els arbres va semblar que se n'adonessin. El taronger, amb les taronges agres com fel, tenia les fulles més verdes. Els rosers feien més roses. Era una pena que per aquell carrer no hi passés mai ningú. Acabava dos jardins més enllà amb una paret alta, el vent a penes movia les herbes que naixien ran de les pedres i hi havia una gran quietud com si cada dia fos diumenge.

Es deia Aloma perquè un oncle de la seva mare ho havia volgut. Era un home estrany que tothom respectava i que havia envellit tot d'una, tancat a casa, amb una manta damunt dels genolls. Llegia Llull en havent sopat. Ben assegut a la seva butaca, mentre els seus amics, que l'anaven a veure dos vespres cada setmana, jugaven a escacs. Ell no jugava mai. Llegia:

Les condicions totes que Evast desitjava en sa muller eren en Aloma, i aquells qui cercaven muller per a Evast segons sa voluntat, foren certificats de les bones costumes de Aloma.[1]

En sortir de l'església, un cop la cerimònia acabada, va dir:

—He deixat que els padrins fessin el que volguessin i la criatura es diu Àngela, Rosa i Maria; jo sempre li diré Aloma. És un nom bonic i la primera cosa que una noia necessita és un nom bonic. Si em voleu fer content, digueu-li aquest nom.

A la mare li va agradar i a l'hora del refresc va fer minvar la gatzara:

—No crideu tant, que Aloma dorm.

El soroll del reixat la va sobresaltar: havia sortit d'amagat del nen i va tenir por que l'hagués sentida. Però la casa estava quieta i, després d'escoltar una estona, se'n va anar carrer avall.

L'hora era bona de respirar. En un jardí feien foc i es sentia l'espetec dels branquillons. A dalt d'una

1. Ramon Llull: *Llibre d'Evast e Blanquerna*, Llibre I, cap. I.

paret molt vella hi havia un gruix de molsa i al mig del carrer, en un sot ple d'aigua, es veia un tros de cel amb un núvol blanc. Més enllà, vora de la casa nova, les branques del desmai a penes es movien. Era una tarda de començaments de primavera amb orenetes xisclant pel cel. L'aire arrossegava una mica de fum i Aloma gairebé va aturar-se: «És l'olor que agradava més al meu germà.» S'havia matat a divuit anys; es deia Daniel. Havia deixat un paper escrit per a ella: «Tot és trist i no tinc ganes de viure més, Aloma. Una abraçada ben forta.» Les lletres eren altes i amples, de persona orgullosa. A ella, després de tant de temps, li quedava encara una mica d'angoixa. El veia estirat, blanc com la cera, i pensava que no li parlaria mai més, amb aquella veu xopa de tendresa, de les coses que li agradava fer. Un dia, Joan, el seu germà gran, va cremar els llibres i els escrits que Daniel havia deixat. Ho havia anat esquinçant tot, a fora plovia, i el vent, de tant en tant, girava la pluja contra els vidres. Els papers es van tornar cendra i Aloma va plorar tota la nit. Joan deia que Daniel s'havia matat perquè els llibres l'havien fet tornar boig. La vida era una cosa esgarrifosa. Arraulida entre els llençols pensava sovint en el seu germà mort. Quan la casa reposava. Però els records s'anaven aprimant: primer el color dels ulls i la manera de somriure, de seguida el to de la veu. I com més el perdia més s'adonava del buit que havia deixat al seu costat. Enyorava aquell noi ple de vida que amagava el descoratjament com si fos un mal lleig i que, com ella, passava d'un extrem a l'altre: de l'alegria més esbojarrada a la tristesa més negra. Ara tindria vint-i-tres anys i respirarien junts aquella olor de fulles cremades i de primavera a punt d'esclatar. I tot seria diferent.

Es va recordar del telegrama que havien rebut a mig matí. Era del seu cunyat, el germà d'Anna, que vivia a Amèrica. Deia que aniria a passar una temporada amb ells. De moment havia estat molt contenta. Potser animaria una mica la casa. I en tota la tarda no hi havia tornat a pensar.

En una finestra hi havia un gat negre assegut. L'altre era blanc. La primera vegada que l'havia vist, aquell dia que amb el mànec del rasclet feia caure fulles grogues d'una branca, ja tenia un blanc empastifat de bèstia abandonada. Havia saltat de la paret i quan ella es va girar per mirar-lo va recular esporuguit. Però es va avesar a anar al jardí. S'estava quiet en un racó, estirat sobre un tou de fulles seques, i al més petit trepig obria els ulls —uns ulls verds, amb les nines fosques, partides per una ratlla negra—. Aviat va tenir la panxa molt grossa. Caminava a poc a poc i feia uns miols que a penes es sentien. De vegades es quedava aturat com si no sabés on anar, amb una pota del davant arronsada.

—No vull gats a casa; porten malalties —va dir Anna quan va veure que Aloma s'hi entendria.

Van avisar el nen que no el toqués. No li deixaven portar ni una mica de menjar ni una engruna de pa al jardí. Però el nen mirava el gat des de la finestra i s'hi fonia. «Me l'estimo —deia de vegades—, perquè té la cara trista.»

Malgrat aquella guerra sorda el gat seguia anant al jardí. Si veia algú fugia; quan el jardí estava desert tornava al seu racó, vora les flors de senyoreta. Va tenir els gatets i ningú no va saber on els havia amagats. Hi anava cada dia una hora o altra una mica més brut i una mica més magre.

—Deu dormir en una carbonera.

Va passar més d'un any. El gat sempre feia aquell posat de resignació i tenia una gatinada rera l'altra. Un matí van trobar gatets darrera d'una llata, al costat del galliner.

—Vigila que el nen no se n'adoni. Potser estan malalts.

La cua se li pelava. Li van sortir crostes a les orelles. Però els gatets l'esperaven desficiosos i s'amorraven a les mamelles petites i espremudes.

Van estar una temporada sense veure'l i van pensar que algú l'havia recollit. Fins que un dia es van adonar que estava mig adormit a dalt de la paret del capdavall del jardí. Aloma va pujar al banc i se li va acostar. Li va veure els ulls estriats de sang. El gat va fer un miol molt feble i va baixar com va poder, per l'heura. Tenia una pota trencada. Quan Aloma es va ajupir per mirar-li el mal, va recular tot d'una i va esbufegar rabiós.

—Encara no s'ha mort? —deia Joan cada matí quan obria els finestrons.

Gairebé no es movia del jardí. Tornava a engruixir-se. Estava clapat de mal i deixava un coixí de pèl a tot arreu on s'ajeia.

L'altre va saltar al jardí una tarda de fred i de vent. Era blanc i negre, superb, amb el coll gruixut i la pell llustrosa. Es va acostar a la gata a poc a poc i Aloma, que els mirava des de la finestra, va veure que la gata s'anava arraconant. Va provar d'enfilar-se al taronger, però estava acabada i es va posar a vomitar amb unes grans extremituds. El gat no la deixava. Era una persecució tenaç, i els miols es barrejaven amb el vent que xisclava. Aviat va ser negra nit i Aloma va tancar la finestra. Li havia vingut mareig.

L'endemà van trobar la gata estirada al carrer, encarcarada. El vigilant l'havia matada d'un cop de garrot entre les orelles mentre estava gatinant.

Quan va arribar a la primera travessia es va posar a caminar amb més calma. A la banda de ponent hi havia un núvol que tenia les vores de color de taronja. Semblava una balena adormida i la cua se li anava desfent a poc a poc. Aloma va ensopegar i es va adonar que ran de la vorera creixia una mata verda com la pedra d'un anell que havia vist feia pocs dies en un aparador. S'havia quedat enlluernada. «Si algú me l'hagués regalat potser ja el tindria en el calaix dels embolics; no sé què ho fa, però tot em cansa.»

Anava carrer avall respirant l'aire perfumat de terra humida dels jardins petits de Sant Gervasi. Eren gairebé les sis i si volia trobar obert havia de cuitar. Li feia una gran il·lusió de comprar-se les cortines, però sempre havia tingut vergonya d'entrar en una botiga on no la coneguessin. Per què no hi havia anat Anna a comprar-les-hi? Anna no volia sortir mai: tot l'amoïnava i la marejava. Era molt pesada i segons quins dies no podia aguantar-la. Què li devia haver trobat el seu germà?

Va arribar al baixador i va passar de llarg. Agafaria el tren a Gràcia per poder respirar més estona aquell aire tan bo de la tarda.

A la plaça hi havia uns cavallets i dues barraques de tir al blanc; al mig, venien bunyols. Tres o quatre nens amb mocs al nas miraven els cavalls i els porquets que anaven giravoltant. Darrera d'una barca hi havia dos elefants amb les ungles pintades d'or. Els cavalls, travessats per una barra de llautó, anaven amunt i avall, i la música sonava sense parar.

No es podia entretenir més. Va baixar les escales i va comprar el bitllet. Com sempre, es va asseure en un banc i es va posar a comptar les columnes. N'hi havia... Tot d'una es va adonar que s'havia equivocat d'andana i que en comptes d'anar a la Plaça de Catalunya hauria anat a parar a les Planes. Ja li havia passat altres vegades: era massa distreta i no es fixava mai en res. Va tornar a dalt i va baixar per l'altra escala en el moment que el seu tren frenava. Va triar un seient en un costat on no hi havia ningú. Els anuncis començaven a passar l'un darrera l'altre: Cacao Boldor, Perfums Magenta, Lady X... Els sabia de memòria: primer el més petit, amb una tassa blanca fumejant, el de les gardènies, el de la sirena... De tant en tant passava un llum vermell. Veia la seva mà reflectida en el vidre de la finestreta amb el bitllet entre els dits. A Provença no va pujar ni baixar ningú. Les portes es van tancar amb un esbufec i el bressoleig del tren va abaltir-la. Li semblava que no es pararia mai més. Li hauria agradat travessar una terra pelada i fosca, amb un riu al mig i una mica de lluna al cel, sense saber quines coses trobaria a l'acabament. El tren tot d'una va fer una volta i es va aturar.

Va pujar l'escala a peu. L'escala automàtica no li agradava; quan els graons s'aplanaven tenia por que els talons se li quedessin enganxats. Un noi li va tirar una flor en castellà. «Si un dia em caso serà amb algú que parli com jo; però amb una dent del mig una mica damunt de l'altra i amb aquestes mans tan petites, no em voldrà ningú.» En el quiosc dels diaris hi havia revistes descolorides que devia fer molt de temps que estaven penjades. Al mig del passadís queia aigua del sostre i a terra hi havia serradures escampades.

Se'n va anar Rambla avall. Les parades estaven atapeïdes de flors. A la primera hi havia galledes amb clavells vermells, rams de ginesta blanca, les últimes violetes. I moltes roses; més boniques que les del seu jardí. Sant Jordi s'acostava. Li va fer pena no poder-ne comprar. Havien d'estalviar molt i mai no podien arribar a tenir les coses que els feien més falta. Va veure una senyora amb els cabells blancs i la cara desfeta a dins d'un cotxe molt llarg. Per què no havia de ser per a una noia, tot aquell luxe? Li va fer angúnia el que acabava de pensar. Al capdavall estava bé que els vells tinguessin comoditats. I anar sempre en cotxe devia ser poc divertit. Els pobres et devien mirar amb enveja. No tots, és clar, perquè n'hi havia que pensaven que el món no tenia remei. Com aquell paleta que els havia tapat les goteres a l'hivern: quatre criatures, quatre anys treballant poc, la dona morta. Havia hagut de dur-ne tres a l'hospici. I posar una menuda de tretze anys a servir. Ho explicava sense queixar-se, com si fos la cosa més natural del món.

Li va semblar que la seguien. «Tan mal vestida que vaig i amb un taló que se'm torça...» Li agradava que la seguissin i que li diguessin coses pel carrer. Ho explicaria a Anna. «M'ha seguit un jove molt elegant...» Va mirar de cua d'ull i va veure un home d'uns cinquanta anys, amb bigoti, i amb la pell de color d'oliva. Duia un barret d'ales amples i un mocador de seda al coll. Es va posar a caminar de pressa. A la Portaferrissa va entrar a la botiga i el va deixar plantat:

Va trigar a decidir-se perquè totes les robes li agradaven. A l'últim se'n va quedar una de molt transparent, amb ratlles blanques i blaves. Dels diners que s'havia endut li havien sobrat quatre pessetes. «Em compraré un llibre —va pensar—, una novel·la d'aventures, sense enamorats.» Se l'hauria d'amagar per entrar a casa. Diria a Anna: «Saps? Han costat el que havíem dit; ni un cèntim més ni un cèntim menys.» Es posaria el llibre a dintre de l'abric, sota el braç, i només hauria de vigilar que no li caigués a terra. Després l'amagaria a dalt de l'armari.

Caminava contenta perquè s'havia adonat que els arbres ja tenien brots nous. Quan va arribar a la Plaça de Catalunya va veure que tothom es girava. La Rambla s'havia animat molt, es sentia una gran cridòria, i al fons, per damunt de la gent, es veien unes quantes banderes. Un noi que passava anava dient a tothom que al carrer de la Canuda hi havia guàrdies civils a cavall. Una onada de gent la va voltar i durant una estona no va veure res. Tot d'una es va trobar al costat d'una senyora escabellada que plorava perquè li havien arrencat una màniga. Li anava a dir alguna cosa per consolar-la però li van donar una empenta i va caure de genolls a terra. Quan es va poder aixecar, la senyora ja no es veia i gairebé tothom havia fugit. Es van sentir uns quants trets.

Sense saber com, es va trobar en el soterrani davant del quiosc dels diaris. Assegut a terra, d'esquena a la paret, hi havia un home amb la galta plena de sang. Un senyor i una senyora el van ajudar a aixecar-se i li van preguntar si volia que l'acompanyessin a una farmàcia. La senyora li va donar un mocador.

—Què ha passat?

Els que anaven baixant dels trens no gosaven sortir a fora.

—No res; una manifestació.

Passat l'espant, Aloma es va acostar al quiosc i va començar a triar el llibre. N'hi havia molts, però els títols no li agradaven. Els que tenien les cobertes massa llampants li feien angúnia. En va agafar un de color de taronja.

—Quant val aquest?

—Miri al darrera; al costat. Cinc pessetes.

—I aquest?

De seguida va veure que no arribava a quatre pessetes. «Una mena d'amor.» L'hauria d'amagar bé. «No em deurà agradar, però no puc estar una hora triant.» Li feia vergonya fullejar-lo. A l'últim va pensar: «No ho duc pas escrit a la cara que sóc una noia; podria ser casada, i, si ho fos, podria llegir els llibres que volgués.» Feia molt de temps que tenia ganes de comprar un llibre que no s'assemblés als que el seu germà li feia llegir.

—Em quedaré aquest. —Va deixar les quatre pessetes damunt del taulell—. Amb el que sobra doni'm contes per a un nen.

La venedora pensaria que tenia un nen i no s'estranyaria que comprés aquell llibre.

La gent que s'havia ficat al soterrani començava a perdre la por i a sortir. Aloma va baixar a l'andana i va pujar al tren.

Pensava en tot el que li havia passat. Va acostar la cara al vidre de la finestra i es va mirar. Les mans li tremolaven una mica. Era la primera vegada que feia una cosa d'amagat i li dolia pensar que no podria llegir el llibre al jardí, asseguda en el banc, sota les branques de la morera. De què els servia la morera ara que no tenien cucs? Quan les móres eren negres queien per terra i ho empastifaven tot. Valdria més tenir un arbre que fes fruita de debò. Un cirerer, carregat de cireres, per a poder escopir els pinyols al sortidor, cap a la nimfa dreta al mig de l'aigua. Els cucs de seda eren tous i descolorits, com

Anna; no entenia que el seu germà se n'hagués pogut enamorar. Quan els tocava s'arronsaven i només de pensar-hi li venia una mena de mareig. Hi havia moltes coses que li repugnaven. Però, fet i fet, devia ser com tothom. Un dia Coral li havia dit que les criatures de bolquers li feien fàstic perquè eren un farcell de brutícia. Un farcell... El cor se li va estrènyer. On era el paquet de les cortines? Tenia el llibre i el portamonedes a la falda, i al seient del costat no hi havia res. Va pensar en tot el que havia fet des que havia sortit de la botiga. No les havia perdudes pel carrer perquè recordava que mentre corria duia el paquet agafat contra el pit... I tot d'una va ser com si el veiés damunt de la pila dels diaris. L'hi havia deixat per poder triar el llibre. Si volia trobarlo no tenia més remei que tornar enrera.

Va baixar a l'estació de Gràcia. Abans d'anar a la taquilla va mirar si tenia prou diners per a comprar el bitllet. Els justos. Però no en tindria per a tornar. «Que en sóc de ruca..., si no hagués comprat el llibre ara no hauria de patir.» Ja eren tres quarts de vuit. Hauria plorat de ràbia. Va demanar el bitllet, va tornar a l'andana i va agafar el primer tren que va aturar-se. Si hagués gosat hauria esquinçat el llibre davant de tothom. Dos seients més endavant hi havia una senyora que duia un gran barret amb una fantasia de brillants clavada a l'ala. Devia sentir que la miraven perquè va girar el cap i es va quedar una mica de perfil. El tren corria i els vagons s'anaven gronxant. Tornem-hi. Va donar el bitllet. Aquella tarda hauria valgut més que no s'hagués mogut de casa. Ara estaria asseguda al jardí, mirant les estrelles: «Si és que n'hi ha.» Quan havia parat de córrer entre la gent que cridava havia vist que el cel estava molt ennuvolat. Es va acostar al quiosc.

—No ha trobat un paquet?

La dona que li havia venut el llibre la va mirar una estona i va preguntar a l'home que despatxava a l'altre cap:

—No has trobat un paquet?

L'home va dir que no i la dona va anar plegant diaris. Tot d'una va mirar Aloma i li va dir que no recordava d'haver-la vista. La mirava amb un ull mig tancat, desconfiada, plantada darrera del taulell com si fos de fusta. A Aloma li van venir ganes de tirar-li els diaris per terra. La dona li va preguntar com era el paquet, perquè en tenia tres, semblava mentida que hi hagués tanta de gent distreta. Aloma li va explicar que era un paquet vermell, no gaire gros.

—És aquest?

Aloma va dir que sí i sense donar-li les gràcies va pujar l'escala de pressa.

A fora la gent anava i venia com si no hagués passat res. S'havien encès els anuncis lluminosos i els núvols, al damunt, semblaven més negres. El cel era baix, i costava de respirar. Va enfilar el carrer de Pelai per la banda trista. Plaça de la Universitat, Muntaner... Abans d'arribar a la Diagonal van començar a caure gotes; unes gotes espaiades que feien grans rodones a terra. Aviat la pluja es va fer més espessa. Aloma va apressar el pas. Estava molt nerviosa, però va pensar que més aviat hauria d'estar contenta. «Al capdavall no he perdut res.» Així que arribaria a casa es canviaria la roba. Es ficaria al llit d'hora. El nen li diria mentidera, perquè a la tarda, quan ja estava a punt de sortir, li havia promès que no es mouria de casa. Només hauria faltat que se l'hagués endut. Sort que anava sola. Tenia l'esquena i els braços xops i les sabates plenes d'aigua. Però la pluja era bonica i no feia cap mal. Si fossin cops de bastó...

El carrer estava desert. De tant en tant passava un tramvia tocant la campaneta. Un auto la va esquitxar de dalt a baix.

A penes si va adonar-se'n. Feia un moment que darrera la remor de la pluja sentia una música que s'anava enfortint a mida que caminava. Sortia d'una finestra baixa entreoberta. Per l'escletxa va veure una gran aranya de cristall. Es va aturar, clavada a la paret, mal protegida de la pluja per un balcó. No sabia què era aquella música però es va quedar a escoltar-la perquè de mica en mica li anava duent records de quan era petita. Amb Daniel, el seu germà mort, de vegades anaven al Turó Park. Hi havia una gàbia, gran com una casa plena d'ocells de tota mena. I paons que desplegaven la cua de tant en tant. En una placeta feien titelles i algunes tardes no se'ls entenia per culpa dels xiscles de les noies que havien pujat a les muntanyes russes. Hi havia un quiosc per als músics. Eren de la Creu Roja i duien un vestit ratllat de blanc i de vermell. Tocaven aquella música que sortia del saló de l'aranya, per la finestra mal tancada. Amb el seu germà s'asseien en un graó de l'escala de marbre, arraconats cap a la banda dels bambús, i escoltaven tot mirant el cel blau. Quanta de gent barrejada...! Hi havia l'home que s'enlairava amb aquella bomba tan bonica i que costava tant d'inflar. Quan li tallaven les cordes se n'anava amunt i es sentien uns grans picaments de mans; l'home, del paner estant, saludava. Els matins d'hivern, agafats de la mà, caminaven donant cops de peu a les fulles dels plàtans que cobrien els caminets. Sovint el vent n'empenyia unes quantes i les deixava planes damunt dels herbeis després d'haver-les fet córrer sobre les seves cinc puntes. De vegades jugaven a dir de pressa el nom d'una barraca on hi havia una dona grossa, vestida de gitana, que explicava a la gent tot el que els passaria: Zasmarrakatruki. Sis vegades seguides, sense entrebancar-se. Ell en sabia més. Ella s'embarbussava. «És igual, seràs una gran noia.» Abans d'anar-se'n s'aturaven una estona davant del *water-chute*.

Abans que la música s'acabés, Aloma es va posar a caminar altra vegada carrer amunt. Estava cansada. Va trencar cap a la dreta, va passar per davant d'unes quantes cases amb les portes tancades, van venir els jardins, i es va ficar al seu carrer. Es sentia plena de tendresa com si les coses haguessin canviat. Va veure la seva casa mal aclarida per la llum una mica verda del fanal. Algú, de vegades, els robava la bombeta de damunt del reixat. Amb l'abric havia pogut salvar el llibre de la pluja. El paquet no. Però tant se valia: al capdavall bé haurien hagut de rentar la roba abans de fer les vores perquè no s'encongís i les cortines no quedessin curtes a la primera bugada. Li feia il·lusió de pensar que quan obriria els finestrons la claror entraria a través de la tela fina. Les volia arrugades de dalt a baix; ja feia un mes que havia comprat les barretes.

Des de fora va aixecar la lleba del reixat passant la mà per entre els ferros. Les frontisses van grinyolar. Les hauria d'untar amb oli.

Joan l'esperava dret al peu dels quatre graons de l'entrada.

—On vas a aquestes hores?

D'una correguda va travessar el tros de jardí entre el reixat i la casa.

—Si sabessis l'ànsia que ens has fet passar... Diuen que a la Rambla hi ha hagut soroll.

—Ja us ho explicaré. Deixeu-me anar a canviar la roba.

Joan va tancar la vidriera i va seguir Aloma fins al menjador. Dani, assegut a taula, menjava un plat de sopes.

—M'has enganyat, lletja.

Anna va sortir de la cuina tot eixugant-se les mans amb el davantal.

—Quin cap que tens... Un dia que surts i ens has de fer patir.

Aloma li va donar el paquet de les cortines. Quan es va girar per anar-se'n, el seu germà li va passar la mà per l'esquena.

—No entenc com t'has pogut mullar tant, del tren fins aquí.

—No ho entens? Surt una mica i ho entendràs.

Va fer un esforç per dominar la violència que li començava a alterar la veu. Tenia ganes d'estar sola per a poder amagar el llibre.

—M'han passat moltes coses, ja us ho explicaré.

—Què t'ha passat?

—Torno de seguida.

En el moment de travessar la porta del menjador la veu d'Anna va aturar-la.

—Escolta; amb en Joan hem pensat que podríem posar les cortines a la cambra del meu germà.

II

No ho trobeu? És tan bonica que vénen ganes de clavar-li les dents.

MARCEL PROUST, *Un amor de Swann*

Al rellotge del menjador, que sempre anava endavant, van tocar les vuit. Ja hi devia haver les ampolles de la llet damunt de la taula. Una gallina es va posar a escatainar com si s'hagués tornat boja. Era la gallina negra que acabava de fer l'ou.

Aloma es va estirar entre els llençols tebis. Va sentir cops a la paret. El nen l'avisava, com cada dia, perquè anés a vestir-lo. De vegades, si no feia fred, en comptes de trucar entrava corrent i es ficava al llit amb ella. Era manyac com un cadell. Es van sentir més cops i Aloma va cridar:

—Cap a la bodega, amb l'almirall i tot! Vaixell pirata a la vista.

Els cops van parar; la morera fregava els vidres de la finestra. Quin llibre! Feia escruixir. L'havia tancat cap al mig, torbada, però l'havia tornat a obrir. Tenia mal de cap i no sabia si era per culpa del llibre o perquè s'havia mullat tant. O per culpa d'haver dormit poc i malament. Havia posat una camisa amanyogada al peu de la porta perquè no sortís claror per l'escletxa. Si haguessin passat el seu germà o la seva cunyada i haguessin vist que tenia el llum encès a altes hores de la nit, quina excusa hauria pogut donar?

Va saltar del llit i es va acostar a la finestra. Feia sol i les fulles dels arbres brillaven. El xàfec del vespre havia rentat totes les plantes, les teulades de les cases del pendís, les cols dels horts de més enllà. Només la casa abandonada, clapada de taques d'humitat, semblava més trista. Durant dos o tres anys hi havia viscut una família molt estranya. El pare treballava a la companyia d'electricitat; era un d'aquells homes que s'enfilen pels pals amb uns ganxos als peus. El devien pagar malament perquè passaven una gran misèria. Anna sempre deia que li feien por. Tots anaven espellingats: la dona, l'home, la filla i el fill. La filla tenia el cap com un fregall, les cames tortes, les dents grogues i corcades. La mare no es devia pentinar mai i es lligava els cabells greixosos amb una veta. «Si no es poden comprar una pinta —deia la senyora Baixeres—, que es pentinin amb els dits.» Ningú del veïnat no els estimava. Cap al tard, la mare i els fills sortien a recollir llenya. Tornaven carregats amb branquillons i herba seca, i la noia duia un cabàs ple de papers bruts. Caminaven a poc a poc, sense badar boca. Feia tres mesos que havien desaparegut. La noia s'havia casat. Tenia catorze anys, el seu marit divuit; més pobre que ells, encara. El vell que els havia llogat la casa els tenia arrendat un tros de camp; quan li van dir que marxaven va respirar. Almenys trobaria la verdura que plantaria. El petit, deia, era un lladregot. Però devien passar tanta gana...

Aloma es va posar de puntetes i es va estirar. Va

sentir que Joan caminava pel passadís i, després, li va semblar que enraonava amb el nen. Anna devia estar preparant els esmorzars. Aviat li arribaria el germà. Es deia Robert.

—Potser té ganes de casar-se i ha pensat en tu —li havia dit Joan, rient. Ella s'havia girat indignada:

—No penso casar-me.

Abans d'apagar el llum havia amagat el llibre a dalt de l'armari. No el trobaria ningú. Anna no feia dissabtes, i menys el de la seva cambra. Havia somiat el gat. Ressuscitava i li deia: «No et deixis enganyar; no et casis.» Duia ulleres, i sabates a les potes del darrera. Feia cara de savi. El pèl li lluïa, net d'aquella ronya que l'havia fet patir tant quan era viu. D'un bot s'havia enfilat a dalt de l'armari, havia agafat el llibre amb les dents, l'havia tirat a terra, i havia dit: «Llegeix, llegeix...»

Va anar al bany. Joan l'havia fet posar temps enrera amb els diners d'una paga de Nadal. Les aixetes degotaven sempre. La banyera estava escrostonada. La va omplir fins a la meitat; primer banyaria el nen, després aprofitaria l'aigua per a ella. L'escalfador s'espatllava sovint i feia soroll de caldera vella. Tot d'una les flametes es van abaixar. Aloma va anar fins a l'escala i va cridar:

—Anna, tanca el fogó, que no puc escalfar l'aigua; el gas no puja.

Quan el fogó de la cuina estava encès el gas no tenia prou força per arribar a dalt. Va tornar al bany i les flames eren altes. Amb una tovallola al braç va anar a buscar el nen.

—Hem de fer un pensament, capità. La goleta perilla, la latitud no està prou bé, la rosa dels vents giravolta. El naufragi s'acosta.

—Què dius? —va preguntar el nen obrint un ulls molt rodons.

—Que ja és hora d'abandonar el lloc d'honor. Tenim la bandera esquinçada i la gent recula. Per la vida i per la glòria. Per la neteja de la pell!

Va agafar el nen d'un braçat, li va fer un petó a cada galta, i se'l va endur.

—Apa, que fa bon dia.

—Què és la rosa dels vents?

—Una rosa molt airejada.

—I una galeta?

—Goleta, ruc.

—Què és una goleta?

—Una barca de molta valentia.

—Per què van en barca els pirates?

—Per poder-se tirar a l'aigua. De cap!

—No em cremis!

L'aigua era bona, dolça de tocar.

—Posa els peus a terra, sense por. I ara frega't. Amb l'esponja ben ensabonada. Espavila't.

Se'n va anar a obrir les finestres i a desfer els llits. Quan va haver vestit el nen va començar a preocupar-se d'ella. Després de banyar-se, l'aigua de la dutxa, més freda, li va punxar l'esquena i el pit com una pluja d'agulles. Feia un abril una mica insegur. L'hivern havia estat trist. Tancats sempre a casa, sense res per distreure's, sense que passés mai res. Les tardes al menjador, cosint rampoines. El nen no podia anar al col·legi encara perquè els diners no arribaven. De què els servia que la casa fos d'ells? Potser hauria valgut més vendre-la i llogar un pis petit. Segur que els haurien sobrat diners per a poder comprar tot el que els feia falta. Fins aleshores només els n'havia costat: drets reals, plusvàlua, cens, impost de millores... Però era la seva casa i estava segura que no podria viure en una altra. Hi havia nascut i s'hi havia fet gran; havia passat tota la vida entre aquelles parets. Va tornar a obrir la dutxa. I fins al cap de vuit dies, que allò de banyar-se sencer no es podia fer sovint. El seu germà guanyava poc; mai no havia tingut iniciativa. Es conformava i, a la seva manera, era feliç. No havia volgut que ella treballés, tant que li hauria agradat... Si s'havia fet la il·lusió que el cunyat d'Amèrica se n'havia d'enamorar... Per què no ho deia clar que els feia nosa? Devia pensar: si Aloma es casés seria una boca menys; podríem respirar una mica.

—La llet ja és freda —va cridar Anna.

—Ja vinc.

Va agafar la combinació. Estava tota sargida i tenia els tirants esmolats.

Després de dinar va desparar la taula i van començar a cosir les cortines. Havien rentat la roba a la nit i Anna l'havia planxada a mig matí. Aloma apuntava les vores amb agulles, per poder-les embastar. Treballava d'esma, sense mirar-s'hi gaire.

—Vols dir que no me les podria quedar jo? Al teu germà tant li faran...

—Te les quedaràs quan se n'anirà. La cambra està molt deslluïda i l'hauríem de fer pintar. Però val més no pensar-hi. Almenys que tingui cortinetes noves.

Van treballar una estona sense enraonar. A l'últim, Aloma va posar la feina damunt de la taula i va dir:

—Deixa'm la clau del calaix dels retrats.

Anna es va treure de la butxaca tres o quatre claus lligades amb un cordill i les hi va donar. Aloma va aixecar-se. Per la finestra va veure que el nen estava jugant a fer fang vora del galliner, sota de la parra retorta. S'havia fet un forn amb tres rajoles i preparava pans de barra i de crostons. Li van venir ganes d'anar-hi, però va pensar que Anna s'enfadaria. Quan va ser a dalt va treure un feix de retrats del calaix de la calaixera, es va asseure i se'ls va posar a la falda. N'hi havia molts que ni sabia de qui eren. El nen, de bolquers. La cara no havia canviat gaire; potser no tenia les galtes tan rodones. Portava una camisona molt curta i un llacet a cada espatlla. El seu germà gran, quan tenia deu anys, amb la cara bonica. Un d'ella, dreta, amb un ram de flors a la mà. «Estigues quieta, nena, que ara sortirà un ocellet...» Encara se'n recordava. Duia unes faldilles estufades. Un avi amb boina i bigoti. Els pares, de nuvis, amb els llavis que encara semblava que els tremolessin. Dos o tres senyors que no coneixia. Per què els havien de guardar? El germà d'Anna. Devia ser bastant alt. Cabells ondats, la mirada dreta. Mai no s'havia fixat en aquell retrat. Va agafar-lo i se'l va endur al menjador.

—És el teu germà, oi?

Anna va alçar el cap.

—Qualsevol diria que és la primera vegada que el veus.

Aloma el va tornar a mirar per damunt de l'espatlla de la seva cunyada.

—No us assembleu gens. Tu tens la cara més aviat flonja. Per què se'n va anar?

—Per què vols que se n'anés? Els homes fan el que els sembla.

Gairebé mai no pensava en aquell cunyat llunyà; com si no existís. Per a ella només existien les coses que tenia a la vora o les que podia imaginar del tot. Però aviat estaria amb ells. Va mirar si hi havia prou fil a l'agulla i es va posar a cosir. Amb el cunyat a casa tindrien més feina: més roba per rentar, més plats. Se'l trobaria pertot arreu.

Anna cosia amb l'esquena corbada. Sempre estava una mica trista i només s'animava quan Dani estava malalt. Aleshores feia les coses sense queixar-se, anava d'una banda a l'altra, deia el que s'havia de fer, però li durava poc. Semblava que li haguessin cremat les il·lusions.

Quan va plegar de cosir, Aloma va anar a dalt i va posar el retrat al seu lloc, a sota de la pila. Cap a la banda del port es sentia una sirena. Sempre igual. Aviat seria hora de començar a fer el sopar. La tarda s'acabava i el cel s'anava tornant de color de jacint. Vindria la nit. I el matí, i una altra tarda. I la pluja i el sol, l'estiu, la tardor i l'hivern..., tot aniria tornant fins al dia que es moriria, com el seu germà, com tothom. No tenia ganes d'anar a baix.

—Només voldries fer les coses que et vénen de

gust —li havia dit Joan una vegada—. Es fa el que s'ha de fer; amb ganes o sense.

Va mirar el jardí i no va veure el nen; devia estar assegut en el banc del capdavall. El vell Cabanes alçava la lleba del reixat. Què li devia haver passat que, en comptes d'anar-hi al migdia, hi anava a la tarda? Li donaven les deixalles per a les gallines. No trucava mai perquè era com de casa. Duia una gorra amb la visera greixosa i no es treia la pipa de la boca, una pipa vella amb les vores recremades que només netejava quan ja no tirava gens. Aloma es va decidir a baixar.

Anna acabava de donar la notícia al vell.

—Deurà venir carregat de diners. És a dir, si no fa com jo.

Va començar a parlar del Perú i dels anys que hi havia passat. Quan va veure que no l'escoltaven, va preguntar:

—Quan arriba?

—El mes entrant.

—Casat?

—Per merèixer —va dir Anna.

El vell va mirar Aloma una estona com si no l'hagués vista mai.

—Té, noia, el cabàs.

Aloma va anar a la cuina i va abocar les fulles de col i les peles de patata i de ceba. Ja havia separat el que havia de donar a les seves gallines. El vell Cabanes no li agradava gaire. Durant dotze anys havia deixat els fills i la dona abandonats. Deien que havia hagut de fugir de Barcelona perquè havia fet un desfalc. Després havia tornat i vivia a casa seva com si fos un foraster. Se'l veia tranquil, amb la seva aviram i el seu gos, un gos llop que passava moltes nits lladrant o plorant. Els fills a penes el saludaven. Tot plegat no s'acabava d'entendre. Però si algun dia no hi anava el trobava a faltar: de vegades, sobretot de més joveneta, l'havia deixada bocabadada amb les seves històries d'indis o explicant-li la vida d'aquell home que sempre reia perquè li havien esquinçat la boca.

Mentre sopaven, Joan va dir rient:

—A veure si a l'últim podré tenir la màquina de retratar. El teu germà potser me'n regalarà una.

El nen va deixar la cullera a dintre del plat. Els ulls li brillaven:

—Oi que em retrataràs quan la tinguis?

Aloma es va tancar a la seva cambra i es va recolzar a l'ampit de la finestra. El cel encara no era ben negre. Hi havia ombres més fosques en el cor dels arbres. Brillava la primera estrella, molt blanca. Les cases a penes es veien, una mica esborrades entre la foscor, amb un llumet groc de tant en tant, i la nit semblava que respirés. Li havia vingut una mica de tristesa. Es va estrènyer el pit amb els braços i va posar el cap al cantell de la paret. S'hauria quedat allí molta estona si hagués tingut algú al costat que li hagués besat la cara, les mans, el dit que s'havia tallat feia dies i que encara li feia mal. Sentia obscurament la poesia pobra de la seva casa, del seu carrer, d'aquelles estrelles petites que anaven sortint. Era un llanguiment dolç a tot el cos, amb la frescor de la paret a la galta.

III

Per què aquestes coses i no pas d'altres?

BEAUMARCHAIS

L'abril havia passat de pressa carregat de flors i amb moltes pluges. Anna va obrir els finestrons de la cambra d'Aloma quan tot just es feia de dia. El cel era fosc i tenia una mica de claror rosada a un costat. Aloma no havia dormit gens. El seu cunyat arribava aquell matí i ella i Joan l'havien d'anar a rebre. Veuria el mar. Tant de temps sense anar-hi, com si no existís, sempre ficada a casa. Recordava l'aigua del port, bruta, amb els vaixells grans i la pudor de quitrà. La renglera de les grues. I Montjuïc a dins, estimbat. Quan Anna se'n va anar, es va ben acotxar i va tancar els ulls. Li agradava sentir del llit estant els sorolls de fora: el tramvia que passava lluny, una botzina. Gairebé a sota de la finestra, el gall que havia nascut pel febrer va fer un espinguet; encara no tenia tota la cua. Aloma va saltar a terra i va anar a mirar el jardí. A aquella hora el veia poques vegades. Però va agafar fred i es va tornar a ficar al llit d'un bot. Les coses eren boniques; la vida no gaire. I com si amb l'ensopiment no n'hi hagués prou hi havia les malalties. I la gent que no sabia estar quieta. Tan poc que costava. Va pensar en les corredisses de la Rambla, feia un mes. Per què hi havia de pensar? Era una pobra noia que no entenia res i que no sabia res de res. Encara no devia tenir eixuta l'única combinació que es podia posar i l'hauria de fer assecar a cops de planxa. En comptes de comprar-se el llibre més li hauria valgut comprar un tros de roba per fer-se'n una de nova. Un dia, un conegut del seu germà els havia dit:

—Els pobres es volen divertir i els diners no els arriben. Ser pobre és una desgràcia, entesos. Però els que neixen esguerrats, què?

Potser tenia raó, però quan veia un paleta a dalt d'una bastida o un d'aquells homes que baixen a les clavegueres, trobava que si tot el mal que feien era mirar de distreure's una mica...

—Encara ets al llit? —li va dir Anna tot traient el cap per la porta.

—No dormo, no.

—Fareu tard. I si el nen es desperta anirà mort de son tot el dia. No et cridaré més. Ja ho saps que tens la combinació xopa?

—Posa la planxa que baixo de seguida.

Va sortir de casa amb el seu germà. Estava contenta. Aviat podria mirar el mar i les onades. I el cel que no s'acabava mai. Hi havia rosada damunt de l'herba que creixia al peu del reixat. Tot era diferent, tan d'hora. L'aire semblava nou, les cases tenien els balcons tancats. Va mirar de reüll el seu germà que no badava boca. No sabia ben bé per què, però ja feia temps que el trobava canviat.

Van pujar al tramvia del carrer de Muntaner. No hi havia ningú. Quan es van haver assegut, Joan va pagar els bitllets.

—Escolta; et voldria dir una cosa. No te n'he volgut parlar davant de l'Anna perquè ja saps com és. I tu i jo no estem mai sols. Tinc un projecte. M'agradaria que em donessis el teu parer.

Parlava amb una mena de neguit sense mirar-la.

—He pensat que podríem vendre la casa.

—Ara?

Com que veia que el seu germà estava violent va fer el que va poder per dissimular la sorpresa.

—Ja veuràs... Si ens la paguessin bé, amb els diners podríem fer alguna cosa. De la casa, què en fem?

Aloma no va dir res.

—Recordes aquells senyors que van venir a l'hivern? Un amic d'ells tenia ganes de comprar-la, i sembla que encara en té.

Ella se'n recordava molt.

—Vas dir que eren uns companys del despatx...

Tot d'una va pensar que l'havia enganyada i la veu se li va enfosquir. Joan va adonar-se'n:

—No t'ho vaig dir perquè no era segur que la cosa anés endavant... Ara m'agradaria que em diguessis què en penses. Ben mirat, no et necessito. Però si dius no, serà no. Ja en tornarem a parlar.

Tota l'estona que van ser dalt del tramvia es va anar repetint: no em necessita. Vendre's la casa. Tan seva, tan de tots. Alguna vegada, quan estava molt ensopida, també ho havia pensat, que se l'haurien pogut vendre. Però ho pensava només per pensar-ho. Ara que el seu germà en parlava, l'esgarrifava imaginar-se vivint en un pis sense gens de jardí. Recordava l'angúnia del seu pare, poc abans de morir-se, per aquell testament que havia fet quan només tenia els dos fills. La pena, en els darrers moments, de no haver-ne fet un de nou on constés la filla, tan petita. I aquella darrera recomanació: «No us separeu mai; tu, Joan, estima-la. No deixeu aquesta casa; si mai ho heu de fer penseu que a tots us considero igual.» L'última mirada del pare havia estat per a ella, perquè era una noia i li devia saber greu d'anar-se'n deixant-la tan indefensa. El seu germà havia dit amb una veu emocionada, que el pare ja no devia sentir: «Me l'estimaré sempre.»

A la Plaça de Catalunya van baixar del tramvia i van agafar un taxi. Li va semblar que tot el perfum de la Rambla entrava per la finestreta. En una cantonada, recolzats a la paret, hi havia dos mariners. Una vegada n'havia vist un de molt a la vora: tenia els cabells i les celles tan rossos que semblaven blancs. Estaven preparant les parades dels diaris: se'n veien moltes piles per terra. I les parades dels ocells. Una mica més avall del Liceu tres o quatre noies enraonaven com si es barallessin. Una portava un vestit blau elèctric molt escotat. Joan va dir:

—No entenc com poden aguantar aquesta vida.

Quan van arribar al port el sol ja era una mica alt. El voltava un tel de boira que s'anava desfent. Faltava mitja hora perquè arribés el vapor.

—Què deu venir a fer el germà d'Anna?

—Què vols que vingui a fer? Deu venir a reposar una temporada.

—Només?

—Ja ens ho deurà explicar.

Joan mirava dues senyores molt ben vestides que es passejaven amunt i avall i no estava per ella. El mar feia una olor molt forta. Una barqueta que estava quieta a la vora d'un remolcador es va engegar tot d'una cap a la sortida del port. De mica en mica el moll s'anava omplint. L'aigua i el sol posaven teranyines de claror a la proa d'un vaixell que tenia el nom escrit amb lletres estranyes. La cadena de l'àncora tibava. Hi havia una llum tan blanca que feria els ulls.

Es va sentir una sirena i Aloma va veure un gran vaixell que s'anava acostant. Hi havia molts passatgers a la coberta; d'una xemeneia sortia una gran fumera negra. La sirena, que havia parat una estona, va tornar a sonar.

—És aquest?

—Fins ara no te n'adones?

Tothom mirava. Uns mariners feien baixar una passarel·la amb dues cordes que servien de barana. A l'altre costat de la tanca que privava l'entrada al moll hi havia molta gent aturada. Es sentia una gran cridòria i la sirena va tornar a sonar.

Joan va girar el cap i va veure que Aloma somreia.

—De què rius?

—D'uns versos que, no sé per què, m'han vingut a la memòria.

—Uns versos?

—Sí; eren a la gramàtica d'estudi:

Estos, Fabio, ¡ay dolor!, que ves ahora,
campos de soledad, mustio collado,
fueron un tiempo Itálica famosa...[2]

—Calla, beneita.

—No te'ls havien ensenyat, a tu?

Joan no va contestar-li: tenia la mirada clavada en un passatger que començava a baixar la passarel·la. Duia un vestit gris clar i semblava que busqués una cara coneguda. Aloma va sentir que Joan li agafava el braç i li deia:

—És el germà d'Anna.

2. Rodrigo Caro: *Canción a las ruinas de Itálica*, versos 1-3.

IV

Cap a la fi del passeig Julià remarcà que ella es ruboritzava molt.

STENDHAL, *El roig i el negre*

No li va agradar gens: massa pàl·lid, amb la mirada febrosa, a penes més alt que ella. Els cabells lluents, decantats cap a la dreta.

—On s'ha ficat la meva germana?

—Ha tingut por d'emocionar-se i s'ha quedat a casa. De moment no et coneixia.

—Fa tants anys que no ens hem vist...

Els dos cunyats es van donar la mà rient. Robert va girar el cap.

—I tu deus ser Aloma?

Quan va veure que la mirava li van venir ganes de fugir. Ell li va agafar les mans.

—Sí, sóc Aloma.

Aleshores el va mirar de dret: tenia els ulls brillants com els mirallets que el sol posava damunt de l'aigua, uns ulls que feien angúnia. Joan, que s'havia apartat una mica, se'ls va acostar i va dir:

—Anem?

—He de passar la duana. Aquest noi em porta les maletes.

Els dos homes es van posar a caminar i Aloma, per no anar al costat d'ells, va fer veure que buscava alguna cosa en el portamonedes. Robert va girar-se i la va esperar.

—Per què et quedes endarrera?

Potser no era tan desagradable com li havia semblat.

Mentre obrien les maletes ella mirava per una finestra els pals i les banderoles dels vaixells. Li va passar pel costat un home molt alt amb un mico a l'espatlla. El vell Cabanes deia que en un país d'Amèrica hi havia tarongers que feien unes taronges que quan eren madures encara tenien la pell verda, i uns homes que a l'arribada dels vaixells es llançaven al mar i agafaven amb la boca les monedes que els tiraven des de dalt: uns homes prims, de color de cacauet. També explicava que una vegada havia escanyat una serp, gruixuda com una cuixa, que es passejava per la teulada de la seva barraca. I que en aquelles terres, amb el sol tan fort i amb tantes pluges, es veia créixer les verdures. Un dia preguntaria a Robert si tot allò era veritat. Els pals es gronxaven i l'aire duia olor d'aigua salada. A penes sentia la remor de la gent, els crits dels mossos que anaven amunt i avall amb els equipatges, el soroll de les rodes damunt de l'enrajolat. Un altre crit de sirena la va treure del seu encantament. Aloma... Dit per una veu que no estava acostumada a sentir, el seu nom li havia semblat una mica estrany.

Ja tenia ganes de ser a casa. Sempre volia sortirne i quan feia una estona que n'era fora es delia per tornar-hi. La gent li agradava molt poc i tot la cansava. Dani devia trobar-la a faltar. A la tarda tindrien visites i tampoc no podria estar per ell. Hi aniria la senyora Concepció, xerraire i arrugada com una bruixa. Coral. I Maria Baixeres, que es passava la vida darrera del balcó guaitant, amb els finestrons mig tancats, les anades i vingudes dels veïns. Hi anirien per veure aquell parent que es morien de ganes de conèixer.

—Ja és hora que puguem fugir d'aquest enrenou. Em pensava que no acabaríem mai.

Van sortir al passeig amb les maletes i van cridar un taxi. La maleta gran, que era la que havien deixat a la vora del xofer, tenia enganxats uns papers blaus amb lletres blanques. Robert es va asseure al costat d'Aloma i Joan en un dels seients que es plegaven.

—Que petita que trobo Barcelona! La Rambla... Deu ser per culpa dels dies que he passat veient només el mar.

—Doncs és gran —va contestar Aloma, una mica seca.

—També ets patriota, tu?

Joan va riure; ella no. Si Barcelona li semblava petita no era per culpa del mar. Per què no s'havia quedat allà d'on venia, si tant li agradava? Es va adonar que l'estava mirant. Potser la trobava bonica.

Durant una estona Joan i Robert van parlar de coses que a ella tant li feien: de Buenos Aires, de la crisi, de si hi hauria guerra. Van travessar la Plaça de Catalunya.

—Quan me'n vaig anar encara hi havia palmeres, em sembla.

Una mica més enllà es van posar a parlar dels fets

d'octubre. Aloma va estar a punt de demanar-los que callessin, però no va gosar. Era com si encara veiés aquell camió ple de forats de bales; a dins hi havia quedat una gorra bruta de sang. També es veia sang damunt de l'empedrat. El camió havia baixat pel carrer de Salmeron amb el conductor mort. Un home s'hi havia pogut enfilar i l'havia frenat quan ja estava a punt d'estavellar-se contra una barricada. Hi havia molts nois joves ferits i una noia amb les cames trencades.

Robert va canviar de conversa.

—Buenos Aires no és com abans, però s'hi pot viure. Per anar endavant s'ha de treballar molt, estalviar, viure com un pobre per anar-se fent ric. Córrer més que els altres. Però si no t'agafa la febre de tornar a casa la vida no hi és dolenta. Jo no em puc queixar.

—A un home solter tot li és més fàcil —va dir Joan—. Però quan tens una família... Si estàs sol, és diferent.

Robert no va dir res. El moviment del cotxe l'havia anat acostant a Aloma. Quan va apartar-se, ella el va trobar a faltar. Tenia la veu càlida i arrossegava una mica les paraules. A Aloma li va semblar que, quan Joan havia dit «si estàs sol, és diferent», ell hauria hagut de dir alguna cosa. Potser tenia una amiga. Només de pensar-ho es va engelosir. Es va mirar les mans que ell li havia agafat quan eren al moll i les va trobar més boniques del que pensava.

Quan van arribar, Anna i Robert van abraçar-se.

—Estic molt content, però no vull ser una càrrega. Si no fóssiu vosaltres hauria d'anar a l'hotel.

—Ara no és hora de parlar d'això.

—És que vinc per una temporada llarga i estaré més tranquil si em teniu com a dispeser.

—Ja ens vagarà de parlar-ne.

Anna va demanar a Aloma que acompanyés Robert a la cambra que li havien preparat. Dani estava molt distret donant corda a un auto vermell que l'oncle li havia dut.

Tot pujant l'escala Aloma no sabia de què parlar. Es sentia cohibida. Li feia vergonya que no estigués tot com havia d'estar. Quan va obrir la porta, Robert va dir:

—Molt bonica.

Aloma va veure que la mirava a ella i les galtes li van començar a cremar.

Robert es va acostar a la finestra i va enretirar una cortina per mirar a fora. Sense girar-se va dir:

—Després pujaré les maletes amb el teu germà. Anem?

Al passadís va assenyalar la porta que hi havia al davant de la seva:

—Qui dorm aquí?

—Jo.

Durant el dinar Dani no va parar de fer preguntes però com que no estaven per ell es va ensopir una mica.

—Et quedaràs molt temps? —va preguntar al seu oncle.

Robert li va contestar molt seriosament:

—Depèn. Encara no ho sé.

Anna entrava i sortia de la cuina. L'arribada del seu germà l'havia deixada mig estabornida.

A l'hora del cafè va estar una estona quieta, mirant el nen que s'havia adormit amb el cap i els braços damunt de la taula.

—Deu haver menjat massa i demà potser estarà malalt.

—No et preocupis, no tindrà res.

Joan fumava un gran cigar que li acabava de donar el seu cunyat.

—Veig que sou feliços —va dir-li Robert—. Quan tornaré allà baix ens haurem d'escriure més. I ens enviarem retrats. A Aloma no l'hauria coneguda.

Anna va tornar a sortir de la cuina i va preguntar al seu germà:

—Has vingut per casar-te?

Joan va girar el cap i la va mirar:

—Fas unes preguntes...

—No penso casar-me mai —va dir Robert sense fer cas de Joan.

—Jo tampoc —va dir Aloma. No sabia per què, però les paraules de Robert l'havien molestada.

—I jo que et tenia per una mosca morta.

La veu de Joan tenia un to burleta.

—No sé què vols dir.

—Aquí n'hi ha una. —Dani s'havia despertat i assenyalava el cordó del llum. Cap a la meitat hi havia una mosca enganxada.

—I de l'estiu passat. Qualsevol diria que en aquesta casa no hi ha dones.

Anna, que s'enduia les estovalles a la cuina per espolsar-les es va girar de cara al seu marit i va esclatar:

—Quan les minyones se'm posaran bones em preocuparé d'enterrar les mosques.

Dani va fer un xisclet d'excitació. Aloma va trobar que aquell dia Anna s'hauria hagut d'aguantar el malhumor.

El primer que es va presentar va ser el vell Cabanes. Anava net com una patena. Va travessar el jardí amb aquella manera de caminar banzim-banzam, com un vell llop de mar, i, després de donar la mà a Robert, es va asseure ple de satisfacció i va estirar les cames. Sense omplir la pipa, va treure l'encenedor que tenia una gran cua de ble i el va mirar una estona.

—Quins països aquells, oi?

La senyora Concepció no va trigar ni cinc minuts.

—He vingut corrent per conèixer-lo. Sempre em parlen de vostè.

Com que no tenia ganes d'escoltar la conversa, Aloma va sortir al jardí amb Dani.

—Aquesta senyora —va dir el nen— no m'agrada.

—Calla!

Valia més que ho hagués dit al jardí que no pas al menjador. Aloma el va agafar per la mà i se'l va endur fins al reixat perquè veiés arribar les altres visites. Com que des de dintre no haurien vist res, van sortir al carrer. Coral acabava de tombar la cantonada. Duia les guineus argentades que li acariciaven les galtes de color de rosa, i les mitges de gasa. Dani no li treia els ulls de sobre.

—És més maca que tu —va dir en veu baixa.

Aloma va sentir una fiblada al pit. Sempre havia trobat que Coral era molt bonica i li hauria agradat assemblar-s'hi. No li faltarien enamorats. Per què hi anava tan aviat si no la veien gairebé mai?

Coral li va fer un petó a cada galta:

—Ja és aquí?

Aloma va pensar: «Si no ho sabessis del cert no hauries vingut.» I se'n van anar tots tres cap a dins.

La senyora Concepció explicava les penes d'una parenta i tothom estava quiet; però quan les van veure, Joan i Robert van alçar-se. Coral va deixar les guineus damunt d'una cadira, es va asseure amb una cama damunt de l'altra i es va posar a parlar d'Amèrica com si hi hagués viscut tota la vida. Robert l'escoltava encantat. Al cap d'un moment el vell Cabanes va fer un badall i quan va veure que tothom el mirava va dir que se n'havia d'anar. Aloma, que estava prop de la vidriera, va acompanyar-lo. Hauria volgut endur-se'n el nen, però va veure que estava al costat de Coral amb la boca badada i no va gosar cridar-lo. Mentre obria el reixat, el vell va dir:

—Aquestes noies només van on senten olor. —I se'n va anar carrer avall amb la pipa apagada a la boca.

Aloma va tornar al menjador de mala gana. La

molestava haver de passar la tarda veient com Robert no treia els ulls de les cames, tan ben fetes, de Coral. A ella també li hauria agradat que els homes la miressin, que només estiguessin per ella, sobretot un home com Robert que havia corregut molt de món. Robert i Coral s'havien quedat una mica separats dels altres i parlaven en veu baixa. Anna escoltava la senyora Concepció, i Joan, al seu costat, mirava de tant en tant la parella amb els ulls distrets. Tot d'una Coral es va posar a riure molt fort, com si amb Robert es coneguessin de tota la vida. Joan es va girar tan de pressa que la senyora Concepció va callar un moment. Dani estava mig adormit en un racó. Aloma se li va acostar:

—Ja tens son?

No va esperar que li contestés perquè en aquell moment van trucar a la vidriera. Era Maria Baixeres. Va entrar amb molta calma i de seguida va donar una mala mirada a Coral. No la podia sofrir; sempre havia trobat que feia més goig que la seva filla, que s'havia de casar aviat. Així que va poder va fer canviar la conversa. Tenia uns veïns nous que havien entrat uns mobles bruts i amb teranyines a les potes. El noi gran semblava malaltís i es passava hores a la galeria, prenent el sol i llegint. No deia res a ningú: «Com el vostre Daniel.»

—Per què no vas a buscar els pastissos? —va dir Joan.

S'havia alçat de la cadira com si l'haguessin punxat i va mirar Aloma amb pena. La senyora Baixeres s'havia tornat vermella. «Ho ha dit sense voler, n'estic segura», va pensar Aloma tot anant cap a la cuina. Quan va tornar amb els pastissos i l'ampolla de vi bo tots es van acostar a la taula. Al nen li havia passat la son. Aloma va dir que no volia menjar res; li hauria agradat, però de vegades tenia una mena de necessitat de no fer el que feien els altres. Coral menjava a poc a poc i semblava que jugués amb la forquilleta de plata; tenia els dits llargs i blancs i les ungles rosades. Aloma va pensar: «Si hagués de rentar plats i fregar rajoles com jo...» S'estava dreta, amb els braços creuats a l'esquena com quan es passejava pel pati del col·legi el poc temps que hi havia anat just per aprendre de llegir i d'escriure. Mirava aquella mà delicada. Com era possible ser tan bonica? Tots els seus somnis acabaven de la mateixa manera: assemblar-se a Coral. Fina, però una mica descarada. Graciosa. Un dia que el seu germà estava empipat perquè li havia contestat malament, el va mirar una estona i li va dir: «Si sóc barroera i esquerpa és perquè no vull que vegin com sóc i es riguin de mi.»

Coral bevia gairebé sense tocar la copa amb els llavis. Joan se li havia acostat. «El meu germà també?» Va sentir una barreja d'angúnia i de por. Només havia begut una mica, però tenia els ulls brillants i estava mig decantat sobre Coral, que reia sense parar. Anna i Maria Baixeres enraonaven baixet, i la senyora Concepció les escoltava amb una rialleta de conill. Aloma estava segura que no sabia què deien perquè no parava de mirar cap a la banda de Coral. Es va sentir la veu de Joan:

—Algun dia haurem d'anar d'excursió.

—Si m'hi dueu amb cotxe...

Coral va riure com si hagués dit una cosa molt graciosa i va encendre un cigarret. La senyora Concepció va tossir.

—El nen se us enfitarà.

Aloma va anar a l'altra banda de la taula:

—Dani, no mengis més dolços, que et faran mal.

No hauria pogut explicar per què tenia aquella angúnia. Ningú no havia fet res que no es pogués fer. El seu germà i Robert estaven al costat de Coral. Tan exagerada, sense aquella tendresa que de vegades l'ofegava a ella... Hi havia moments que odiava tothom: menys el nen.

Havien encès el llum del menjador perquè ja vesprejava, i Aloma, que tenia ganes d'estar sola, va entrar a la cuina. Amb la porta ajustada sentia una mica esmorteïdes les rialles de Coral i la veu del seu germà. Va anar a les fosques fins a la finestra: una boira lleugera s'havia estès per entre els arbres. Pensava en el matí, en el mar, en l'enrenou del port. A la duana, Robert havia saludat una noia que estava esperant que li miressin les maletes; la devia haver coneguda durant el viatge. Es va girar d'esquena a la finestra i amb les mans a la cara es va posar a plorar. Al cap d'un moment va sentir passos. A penes va tenir temps d'encendre el llum i de fer veure que omplia un vas d'aigua. Era Anna. Va entrar sense fer soroll i va agafar un plat de l'armari. Quan va estar segura que la veu li sortiria natural, Aloma va dir:

—Has vist Coral, quin goig que fa?

No va gosar dir-li el que pensava: que hi havia anat a enamorar Robert. Anna també ho devia pensar; o que hi havia anat a enamorar-los tots dos. Com que no va contestar-li, Aloma, amb por d'haver-la molestada, se li va acostar:

—Vigila que el nen no mengi més.

—L'hauria de renyar tota l'estona i ja n'estic cansada.

Anna va sortir de la cuina a poc a poc com si li costés de caminar. Aloma va mirar-la: «Pateix i el meu germà no se n'adona; què espera Coral per anar-se'n? Valdria més que se n'anessin tots i no tornessin més.»

Va sentir el timbre del reixat i, abans d'entrar al menjador, es va passar una mica d'aigua pels ulls. Havia arribat Mercè, que era l'única persona que li agradava:

—Cada dia fas més goig, Aloma.

Coral va aixecar-se:

—Perdoneu que me'n vagi, però ja és molt tard.

Va mirar els dos homes, que estaven drets al costat de la taula:

—És tan fosc que si algú no m'acompanya m'entrebancaré.

—T'acompanyarem Robert i jo —va dir Aloma de pressa. No volia que Joan sortís perquè Anna li feia pena.

Ja era de nit però Coral va dir que el jardí era preciós. Aloma no va contestar-li. «Si et penses que fas gràcia dient que t'agrada el jardí...» Quan van arribar al reixat Robert va donar una rosa a Coral. Aloma ni s'havia adonat que l'hagués collida. Era una de les últimes roses grogues que s'havien obert a la vora del llessamí i, amb la llum del fanal, semblava blanca. Va sentir que el cor se li estrenyia. Les roses eren d'ella, que les regava: d'ella i de ningú més. Coral es va acostar la flor als llavis i va mossegar-la; després va allargar la mà a Robert, una mica alçada perquè no tingués més remei que fer-li un petó. Aloma s'hauria volgut fondre.

Quan Coral se'n va haver anat, Robert li va agafar el braç i li va dir:

—M'agrades més tu.

Li va semblar que les cames se li segaven.

—No m'has sentit?

Va dir que sí amb una veu tan baixa que li va fer angúnia. Però tot d'una es va revifar. D'un cop de colze va desfer-se de la mà que li estrenyia el braç. Al peu de la vidriera va mirar Robert de fit a fit:

—Oi que t'ha fet efecte, Coral?

Va obrir d'una revolada i va entrar al menjador.

Mercè, com sempre, parlava del seu home, que feia anys que s'havia mort. Havien tingut un fill abans de casar-se. Era lletja, prima, molt neta però malgirbada. El seu marit l'havia enganyada molt sovint i de vegades l'apallissava. Havien acabat vivint com estranys d'ençà d'un dia que ella havia volgut anar-se'n de casa perquè estava molt desesperada. Dormien en una mateixa habitació, cadascú en el seu llit, com germans. A ell el temps l'havia calmat; ella ho havia aguantat tot. Si algú li deia que era massa bona, contestava: «El vaig estimar quan tenia quinze anys; ara no l'estimo, però no he estimat cap més home.» Cosia perquè ell no hagués de mantenir-la.

Robert s'havia assegut al costat de la senyora Concepció. Aloma va mirar-lo: li hauria agradat preguntar-li coses que ja sabia que no gosaria preguntar-li mai. Li va semblar que Anna estava neguitosa. Dani tenia les galtes molt vermelles i els ulls una mica emboirats. Joan fumava sense parar: el fum s'enfilava, es gronxava a mig aire, i es fonia a poc a poc. Robert devia estar cansat perquè a penes escoltava. Li van venir ganes de sortir, de caminar pels carrers solitaris, només pel gust de caminar. Mercè va callar un moment:

—Me'l vaig trobar mort. S'ho veia venir, però no li va valer.

Es va eixugar els ulls amb un mocador molt ben plegat i va dir que no es podia quedar més estona. Maria Baixeres, que estava mig adormida, es va aixecar.

—Jo també tinc tard.

Van sortir totes dues amb la senyora Concepció i quan van ser fora, Joan, que les havia acompanyades fins a la vidriera, va dir:

—És molt bona dona, però no sap conèixer quan n'hi ha prou.

Era massa d'hora per a sopar i ningú no tenia gana. Aloma va obrir la finestra.

—Per què no sortim una estona? Ja no hi ha gens de boira.

Anna havia començat a endreçar.

—Aneu. Jo em quedaré amb el nen.

—Jo també em quedaré; no tinc ganes de sortir —va dir Joan.

—Doncs me n'aniré sola. El sopar només s'ha d'escalfar.

—Suposo que jo puc venir.

Robert s'havia alçat de la cadira i se li havia plantat al costat. Aloma el va mirar i li va dir rient:

—És clar que sí. T'ensenyaré el barri.

Mentre Aloma tancava el reixat, ell l'esperava al mig del carrer amb les mans a les butxaques.

—No passa massa sovint això de poder sortir amb una noia.

—No t'encantis que no tindrem temps d'anar enlloc.

Van tirar cap a Muntaner. Abans d'arribar-hi van sentir un soroll de picarols: era un carro amb dos cavalls al trot, i quan els va passar pel costat anava tan a la vora del bordó que feia saltar espurnes. El van trobar bolcat al cap de dues cantonades, amb els cavalls ajaguts. Aloma es va voler aturar. Un dels cavalls era gros i estava molt quiet. L'altre, més petit, tenia mig cos esquilat i feia uns grans esforços per aixecar-se. El carreter li estava traient els guarniments; treballava amb calma, sense fer cas dels tres o quatre badocs que s'havien aturat. Quan el va tenir dret es va eixugar el front amb el braç i es va posar a desfer els guarniments de l'altre. Es veia que el cavall no tenia ganes d'aixecar-se; estirava el coll, movia el cap i tot d'una el deixava caure a terra com si s'hagués mort. El carreter va agafar les xurriaques i li va clavar dos o tres cops al cap. A l'últim el cavall es va posar dret. Tenia sang a la cuixa i de la pota arronsada li sortia una estella d'os.

—Ja ha fet atots —va dir el carreter.

El cavall els mirava. Aloma va girar la cara:

—Anem.

—No entenc per què has volgut aturar-te —li va dir Robert—. T'ha agradat?

El va mirar de dret:

—Em fa més pena veure caure bèsties que persones.

—No caus mai, tu?

—Quan vull.

Feia un aire fresc que enamorava. Al cap d'una estona de caminar sense parlar-se, Aloma, una mica ensopida, va dir:

—Veus? El Tibidabo.

—Sí; no ha canviat gaire.

Era desagradós. Li anaven passant les ganes d'explicar-li coses i ja veia que no serien gaire amics. Li començava a fer nosa. De tant en tant mirava el cel. Van anar trencant carrers fins a Balmes. A una banda hi havia el Putxet, cobert de llumets que brillaven, amb la taca fosca dels pins entre les cases arraïmades. A l'altra banda hi havia camps perduts.

—Si anem per aquesta banda —va dir Aloma aturant-se—, sortirem al carrer de Bertran. Fa pujada, però et convé fer exercici.

—Exercici?

Aquella veu que semblava un eco, la va irritar. El

sentia lluny, distret. En què pensava? Li havien explicat que una vegada un home havia tornat d'Amèrica després d'haver-hi passat molts anys, s'havia casat, i a l'últim s'havia descobert que tenia una rastellera de criatures.

—Per què has volgut sortir, si no et venia de gust?

Robert va trigar a contestar:

—Per respirar una mica. Les visites que teniu no són gaire divertides. La gent em carrega.

«I Coral?», va estar a punt de preguntar-li.

Van tornar a casa sense badar boca.

En havent sopat, Aloma va portar el nen a dormir.

—T'ha agradat, l'oncle?

—No gaire.

—Apa, dorm. No et fa mal res?

Dani estava molt desvetllat i Aloma es va quedar a fer-li companyia fins que es va adormir. Sentia enraonar a baix i es delia per anar-hi. Potser havien esperat fins aleshores per parlar de les coses que no volien que ella sabés.

Així que el nen va començar a respirar tranquil va sortir de la cambra, descalça, amb les sabates a la mà. Abocada a la barana de l'escala només podia sentir paraules deslligades. Va baixar uns quants graons. Robert parlava de la seva salut, i no va acabar d'entendre què deia. Després li va semblar que havien canviat de conversa. Potser parlaven d'ella. Gairebé no respirava. A l'últim, com que no entenia res, va pensar que més valia baixar.

—S'ha adormit bé? —va preguntar-li Anna quan la va veure entrar.

Tot fregant-se els ulls, Joan va dir:

—Ja deu ser hora d'anar al llit.

Robert va ser el primer d'aixecar-se.

—Ara ja ho puc confessar: el viatge ha estat molt pesat i no m'aguanto.

«No... —va pensar Aloma mentre es despullava—, és una sort que no m'agradi.» Va sentir que Robert sortia del bany i entrava a la seva cambra: devia desfer les maletes perquè anava amunt i avall sense parar. Després li va semblar que tancava la finestra. Ni es devia haver adonat de les cortinetes... Quin repòs! Ja podia córrer per tota la casa sense por de topar-lo. Des del matí tots havien viscut pendents d'ell. No es podia dir que els hagués molestat gaire: havia menjat el que li havien donat i havia fet el que ells havien fet. Però era una nosa. No se'l veia tan jove com en el retrat. «Si em vol enamorar, tindrà feina.»

Es va asseure al llit: per la finestra oberta entrava celístia. Li va agafar fred. Va estirar-se, es va ben tapar i va passar la galta pel coixí flonjo.

V

Tot ha d'ésser singular en la vida d'una noia com jo.

STENDHAL, *El roig i el negre*

—Encara no se sap què ha vingut a fer el teu germà?

—Suposo que ha vingut a veure'ns.

—No m'ho vols dir?

Van sentir un gran terrabastall i van sortir corrent de la cuina. Dani estava enfilat al bufet i havia fet caure una pila de plats.

Aloma va dir en veu baixa:

—No li diguis res; si l'esveres el faràs caure.

S'hi va acostar a poc a poc.

—Vols que t'ajudi a baixar?

Quan hi va ser a la vora el va agafar d'un braçat i el va deixar a terra.

—Què feies aquí dalt? —va cridar indignada.

Dani va mirar-la tan esporuguit que va desarmar-la.

—Sembla mentida; et podies haver matat.

Anna s'havia quedat a la porta del menjador, blanca com un full de paper. Dani estava molt quiet:

—Tenia ganes de menjar confitura.

—No saps que està tancada, capsigrany?

Aloma es va ajupir i li va aixafar el nas amb la punta d'un dit. Dani no va dir res. Va passar el matí anant d'una cadira a l'altra. A l'hora de dinar, la febre l'arborava.

—Quan l'he banyat ja es devia trobar malament —va dir Aloma—. Mentre l'eixugava tremolava com una fulla.

El van ficar al llit. Robert va pujar a veure'l.

—Em sembla que està molt malalt —li va dir Anna—. Potser que anéssiu a telefonar al metge; jo vigilaré que no es descotxi.

Aloma va dir que es quedaria ella. Quan va estar sola es va acostar al llit: Dani es regirava amb els ulls mig tancats.

—Si et destapes no et curaràs. Dorm.

Es va asseure i es va estrènyer el front amb les mans. No feia sol però entrava una claror blanca que li feria els ulls. Va anar a ajustar els finestrons. Escales amunt pujava una pudor de col bullida que marejava. Es va tornar a asseure i va agafar una mà de Dani. La va mirar, tan petita, a dintre de les seves... Dani ja se sabia rentar les mans i, quan volia, es pentinava tot sol. Es sentia soroll de plats i de coberts. Tot d'una va aixecar el cap: alguna cosa havia petat contra el vidre. Es va quedar molt quieta, escoltant.

Dani respirava malament i, de tant en tant, gemegava. Anna va entrar de puntetes.

—Robert encara no ha tornat de telefonar. Estic espantada.

Cada vegada que Dani estava malalt Anna tenia por que se li morís. Un dia Aloma li havia dit: «No et desesperis, que no serveix de res; i no està bé.»

Però Anna no sabia plantar cara. Algunes vegades Aloma pensava que les malalties del nen l'espantaven tant perquè en el fons no tenia ganes de patir. Quan pensava això la detestava.

La mà de Dani cremava a dintre de la seva.

—Vés a menjar alguna cosa abans que ens posem a dinar —va dir Anna.

—No em podria empassar res.

Anna es va ajupir i va fer un petó a Dani. Després se'n va anar i va tancar la porta a poc a poc. La cambra s'havia enfosquit. «No trigarà a ploure», va pensar Aloma. Havia de fer un esforç per no adormir-se. Quan li va semblar que Dani estava una mica més tranquil li va deixar anar la mà i el va tapar bé. Al cap d'un moment Robert va entrar.

—Què ha dit el metge? —li va preguntar Aloma.

—No podrà venir fins a mitja tarda, quan acabi la visita.

—Tantes hores...

Li feia angúnia estar sola amb Robert però quan Anna va cridar-lo que baixés a dinar es va sentir desemparada.

Dani va obrir els ulls.

—Tinc mal de coll.

—No és res. Aviat vindrà el metge i et curarà.

Dani va callar i quan Aloma ja pensava que havia tornat a adormir-se va dir una veu prima:

—Tinc set.

Aloma va baixar l'escala amb quatre salts. Joan i Robert seien a taula. Per la finestra oberta es sentia el soroll de la pluja damunt de les fulles.

—Per què has baixat? —li va preguntar Anna així que la va veure—. M'hauries pogut cridar.

—El nen té set.

Anna li va preparar un vas d'aigua tèbia amb sucre i Aloma se'l va endur. Mentre pujava l'escala sentia una mena de repòs; Robert no li havia tret els ulls de sobre. Quan va ser a mig passadís va sentir soroll.

—Ja vinc! —va cridar esverada.

Així que va entrar va veure Dani assegut a terra.

—Què fas aquí? No veus que et moriràs?

Va deixar el vas damunt de la tauleta i va agafar el nen a coll.

—Per què has baixat del llit?

—Perquè els llençols cremaven.

Abans d'adormir-se es va beure el vas d'aigua gairebé sense respirar.

El metge hi va anar tard. Feia molts anys que el coneixien i era com si fos de la família. Dani no es volia deixar posar el termòmetre i Aloma li va haver d'agafar els braços. El metge els va dir que no n'hi havia per alarmar-se, però que més valia anar amb compte: de moment era un cop d'aire amb el ventre brut. Abans d'anar-se'n els va dir que tornaria l'endemà de bon matí.

Quan va ser fora, Aloma es va començar a preocupar. No havia explicat que, a l'hora de dinar, Dani havia baixat del llit. Tenia por que si empitjorava li donessin la culpa a ella. Al vespre, Dani es va carregar tant de febre que van decidir de vetllar-lo. Aloma i Robert es van repartir la nit: primer ella, després ell. Joan s'havia de llevar d'hora i Anna estava tan aixafada que no s'aguantava dreta.

Van haver de vetllar moltes nits i aquelles vetlles van anar ajuntant Aloma i Robert: les quatre paraules que bescanviaven quan ell l'anava a rellevar, el bona nit a mitja veu, l'angúnia, el silenci, la llum escassa... Aloma trobava la vida més plena. Vivia només perquè no faltés res a Dani: li donava els remeis; quan la febre no l'ensopia massa li explicava històries, li retallava ninots amb paper de diari. Ho feia tot sense queixar-se, procurant no estar trista. Segura que Robert se n'adonava i això, per a ella, no tenia preu. Si algú li hagués dit que la seva tendresa no era absolutament pura, s'hauria esgarrifat i no s'ho hauria volgut creure. A la nit li agradava que Robert entrés i li digués que ja podia anar a dormir. Una vegada la va acompanyar fins a la porta de la seva cambra i li va posar una mà a l'espatlla. Només ho va fer una vegada i ella hauria volgut saber per què no ho havia tornat a fer.

El metge hi anava dos cops cada dia. Anna estava preocupada pensant en els diners que gastaven. Un vespre que es queixava, Joan va dir:

—No tingueu por, ja ens en sortirem.

—Sense diners?

—Estic a punt de fer un negoci.

Anna el va mirar sorpresa i no li va preguntar res.

—Et penses que no sóc capaç de guanyar més?

Havia canviat molt. Se'l veia distret i a penes es

preocupava de Dani. Algunes nits sortia i tornava molt tard.

Una tarda Mercè els va anar a veure. Com que Dani dormia, es van quedar totes a la cambra d'Aloma. Mercè els va explicar que havia canviat els papers dels calaixos d'un armari; feia anys que no els havia canviat i entre el paper i la fusta d'un dels calaixos havia trobat unes postals que feien vergonya de mirar i tres o quatre cartes que no havia gosat llegir:

—Si em vols creure, Aloma, no et casis.

Aloma li mirava els cabells: els tenia grisos, sense vida. La tarda ja no podia ser més trista. Només es sentia la veu de Mercè, que no acabava mai. Aloma va anar a donar la medecina a Dani: estava endormiscat i no volia obrir la boca. Si hagués gosat hauria llençat l'ampolla per no fer-lo patir, però li havia de fer prendre els remeis encara que els vomités. Anava a sortir, però es va repensar. No hauria pogut aguantar més la conversa de Mercè. Li hauria agradat tant de parlar amb algú que només estigués per ella! Era l'hora en què es sentia més abandonada. Tenia por. Com aquell dia que, de petita, l'havien abocada a un pou perquè mirés l'aigua. No es devia trobar bé. Feia massa dies que dormia poc; es despertava a la matinada amb un sobresalt i es passava hores escoltant l'aixeta del bany que degotava. A l'hora de llevar-se no tenia ganes de vestir-se i posar-se a viure. Li agradaven tan poques coses... «Només que la claror fos violeta —pensava—, tot seria horrorós.» Estava segura que no l'estimava ningú, però l'amor no devia adobar res. Per a una dona la vida era fer el menjar, netejar la casa. Els homes... El seu germà havia de treballar molt, i tot el que trobava en arribar a casa era el malhumor d'Anna. El marit de Mercè havia mort sol com una bèstia. I Robert, que havia vist tantes coses, què n'havia tret? Ella, si no volia morir asfixiada, s'hauria de defensar amb les dents.

Dani estava quiet, amb el cap una mica torçat i amb un braç fora del llit. Va posar-lo bé. Una punxada al costat la va fer doblegar. S'havia tret el jersei de llana per agradar a Robert i ara hauria de pagarho. Tant se li'n donava. No es penedia mai del que feia i estava segura que mai ningú no la podria fer canviar.

Van trucar amb els nusos dels dits. Era Robert. Estava dret a la porta i el veia retallat contra la claror del passadís. La cambra era tan fosca que ell amb prou feines la devia veure. Va pensar: «Sentirà pudor de febre i acabaré fent-li fàstic.» Anna li havia dit que anés a preguntar-li si necessitava alguna cosa; estava fent el sopar i Mercè ja se n'havia anat.

—No, no necessito res.

—Com està el nen?

—Dorm.

Robert se'n va entornar de seguida cap a baix. Aloma va pensar: «Com deu ser la seva casa? Quina vida deu fer a Amèrica?» Havien encès el fanal del carrer i a la paret del costat del llit es gronxava l'ombra de les branques de la morera. «Les fulles d'aquest arbre són felices de poder respirar l'aire de la primavera però d'aquí a uns quants mesos estaran encastades al fang.» Robert vivia en un altre món, entre coses que mai no el deixarien. Tant se valia. Al capdavall la vida s'ho aniria enduent tot. Ella seria una fadrinarda que acompanyaria Dani a casar-se perquè els pares ja serien morts. Primer moriria Anna, després Joan. El trobarien amb el cap damunt d'un llibre de caixa i ella hauria de plorar, si no la gent diria que era una mala germana. I no tindria ganes de plorar. Només tindria ganes de viure.

Va pensar en quan era petita i sortia al carrer a mirar els reguerons que hi deixaven les pluges i les sargantanes que hi prenien el sol. «La vida pot canviar —va dir-se—, i qui sap si tindré sort.»

VI

Els sentiments de l'home són confusos i barrejats.

BENJAMÍ CONSTANT, *Adolf*

Anna va entrar; era de nit i venia del jardí. Havia estat molta estona al peu del reixat.

—No sé per què triga tant.

Aloma es va adonar que havia plorat:

—El deuen haver entretingut. Altres vegades ha vingut més tard i no t'has preocupat gens.

—És clar —va dir Robert—; deu estar amb algun amic. Vés-te'n al llit i quan et despertaràs te'l trobaràs al costat.

Però Anna no estava tranquil·la:

—Tinc por que li hagi passat alguna desgràcia. No sé pas què faríem si es morís.

—Si vols, esperem-lo; però no parlem de coses tristes.

—Tens raó; però ja m'he llevat ensopida i no hi puc fer res.

Robert, tot mirant-la, es va treure la cartera i va dir:

—Ja fa dies que et vull donar diners perquè quan Dani estigui bo pugui anar al col·legi. Tot d'una me n'he recordat.

Anna es va tornar vermella i es va posar a plorar.

—Agafa'ls i no en parlem més. Al capdavall som germans.

«Ho ha fet per agradar-me —va pensar Aloma—, però ho podia haver fet d'una altra manera.» Trobava lleig que hagués donat els diners a Anna davant seu. Estava cohibida:

—Vaig a veure si el nen està ben adormit —va dir— i torno de seguida.

Quan començava a pujar l'escala va sentir grinyolar el reixat i va aturar-se. Joan va entrar tot traient-se l'americana. Aloma va baixar els quatre graons que havia pujat:

—Anna està desesperada. Ja es pensava que t'havies mort.

—La gent no es mor així com així; ja no sóc cap nen.

Se'l veia de malhumor. Va entrar al menjador amb Aloma. Anna, sense dir res, se'n va anar a la cuina.

—He trobat uns amics.

Robert el va mirar:

—És el que hem dit a Anna perquè es calmés.

—Els Comes. Feia temps que no ens havíem vist i m'han fet anar a casa seva. No m'he adonat que fos tan tard.

Enraonava tan de pressa que Aloma no se'l va creure.

—Suposo que m'heu guardat sopar.

—Anna el deu estar escalfant; ara te'l duré.

Aloma va entrar a la cuina. La seva cunyada estava davant dels fogons i a penes la va mirar.

L'endemà el metge els va dir que Dani es podia

llevar una estona. Gairebé no s'aguantava dret. Tenia la mirada mig morta i les cames semblaven dos bastonets.

El van asseure vora de la finestra, voltat de coixins. Com que la claror li feia mal als ulls Aloma va ajustar els finestrons.

—Què vols que t'expliqui: Vols que et talli papers?

Feia mal al cor de veure'l tan quiet.

Els dies passaven i Dani no acabava de posar-se bé. El metge hi anava menys sovint i sempre deia el mateix: que ja s'aniria refent. Al cap d'un parell de setmanes els va dir que necessitava un canvi d'aires. Un mes a fora seria millor que tots els remeis que li pogués donar per reforçar-lo.

—És un problema —va dir Joan quan li ho van explicar—. Mireu què es pot fer; jo no puc deixar la feina. Una estada a fora deu costar un ull de la cara.

Aloma no va dir res però les paraules del seu germà van irritar-la. Mai no hauria pensat que fos capaç de tanta indiferència. La malaltia de Dani a penes l'havia preocupat. Robert s'havia portat més bé.

Després de pensar-hi molt, van decidir que Anna aniria a veure els Vidal. Tenien una hisenda a Agramunt. Feia temps que no es veien, però eren uns amics segurs, amb els quals podien comptar. Els agradaven les criatures, potser perquè no en tenien. Carme Vidal era rica i era bona. Amb el seu marit estaven molt enamorats. «Cada dia ens estimem més», deia. I era veritat.

Abans d'anar-la a veure, Anna estava nerviosa:

—Em fa vergonya —va dir a Aloma, que l'havia acompanyada fins al reixat— anar-los a demanar un favor després de tant de temps de no veure'ls.

Va estar fora més de mitja tarda. Quan va tornar tots l'esperaven impacients.

—Ha dit que sí? —va preguntar-li Aloma.

Anna la va mirar un moment abans de contestar-li. Estava trista:

—Sí; hi podem anar quan vulguem... Però ells no viuen bé. Fa un any van tenir una nena; tant que havien sospirat per tenir una criatura! De moment va ser una alegria. Però es veu que ell s'ha engelosit i no pot suportar-la. Ha avorrit Carme i no viu a casa. Estan a punt de separar-se.

—Separar-se, quan es tenen fills, no està bé —va dir Aloma.

Estava furiosa. Robert va mirar la seva germana:

—Hi deu haver altres coses...

—Encara seria pitjor.

Joan, que havia obert el diari, va alçar el cap:

—Calla! Què saps tu?

Es devia adonar que havia parlat amb massa violència perquè va somriure i va afegir:

—Què saps tu de la força de les passions?

Aloma, sense mirar-lo, li va contestar:

—Les passions s'aguanten.

VII

Pensava que era molt dolç de saber-se estimat.

BENJAMÍ CONSTANT, *Adolf*

Es va ajupir i va passar la mà plana per terra; en el moment d'enretirar el llit havia trepitjat alguna cosa i el dibuix de les rajoles no li deixava veure què era. Va trobar dues pessetes en una sola peça. Devien ser de Robert i li devien haver caigut quan vetllava el nen. Les va deixar damunt d'una cadira.

Havia de fer un bon dissabte per treure els microbis, però abans de començar es va tirar al llit d'un bot i va abraçar el coixí. Es sentia feliç i no sabia per què. «Què tinc avui que ahir no tingués?» Potser l'estimaven tots: el nen i els altres. La vida era bonica i no sabia com esbravar aquella alegria que li devia venir del sol, de l'aire, d'aquelles parets lletges, però tan seves. Li hauria agradat tenir un promès lluny per poder-li escriure cartes i dir-li tot el que volgués sense por. Estava tan contenta que li semblava que ja el tenia. Per què no li havia d'escriure? Guardaria les dues pessetes: Robert ni s'adonaria que les havia perdudes.

Va saltar del llit i es va posar a fer la feina de pressa. Quan va haver acabat va baixar a buscar sobres i paper. Dani la va veure.

—Què vols fer amb aquest paper?

Aloma li va agafar el nas i li va estirar una mica.

—És per fer ninots. Estàs content?

Al vespre, mentre Anna preparava el sopar, va agafar la ploma i l'ampolla de la tinta de l'escriptori i s'ho va endur a dalt. Durant el sopar no va badar boca. Joan li va preguntar:

—Que no et trobes bé?

Va aixecar el cap i els va mirar tots amb els ulls molt oberts, com si li estranyés de veure'ls.

—Jo? Molt bé. Per què m'ho preguntes?

—Estàs ensopida.

—Ensopida? —va saltar Anna—. No ha parat de cantar en tot el dia. Pobre marit el dia que en tingui.

Aloma es va adonar que Robert la mirava mig rient.

—Ja saps que no penso casar-me. Si un dia trobo algú que m'agradi, li ho diré, i si es cansa de mi que em deixi. No vull res per força.

—No sé per què dius aquestes coses.

—Per ganes de dir-les.

Va recordar el casament de Joan i d'Anna: el vel deixat per una amiga, el vestit blanc que ella havia ajudat a fer. L'església era gelada i la sagristia trista. Joan estava molt enamorat. Els primers temps, sempre que els trobava per la casa, els trobava abraçats.

Després de rentar els plats amb Anna van pujar juntes a dalt. Quan ja feia una estona que no sentia gens de soroll es va asseure al llit i es va posar a escriure. Tenia el paper damunt d'una capsa i l'ampolla de la tinta a la tauleta de nit.

«Estimat:

»He estat malalta i els vidres de la meva finestra, en apropar-m'hi, ara que ja estic convalescent, s'han entelat amb...»

Va rumiar una estona i va afegir:

«... l'alè dels meus sospirs.»

No sabia per què «l'alè dels meus sospirs» no li acabava d'agradar. Va esquinçar el paper, en va agafar un altre i va tornar a començar:

«He estat malalta i pels vidres de la meva finestra veig el cel, que té el color dels teus ulls.»

Ell els tenia negres; si li hagués escrit a ell no hauria estat bé, però com que no escrivia a Robert... «I és bonic —va pensar— que un mariner tingui els ulls blaus.»

«T'enyoro; em recordo del dia que vam anar al cinema. Res no tenia interès per a mi i ara estaria molt trista si no fos el record de... si tu no m'haguessis...»

Ho hauria de tornar a escriure tot. Va continuar:

«... acariciat els llavis amb les teves mans.»

Acariciar els llavis amb les mans al cinema, l'un al costat de l'altre, no podia ser.

«... si tu no m'haguessis acariciat els llavis amb un dit de la teva mà, de la mà del cantó on jo era.» Tampoc. «... del cantó on jo no era, amb el dit de la mà de l'altra banda.»

No sabia escriure, és clar... Va tornar a esquinçar el paper i va començar altra vegada:

«... si tu no m'haguessis acariciat els llavis sense gosar besar-los. Només el desig en els teus ulls, més saborós que totes les besades.»

Més saborós que totes les besades... Saborós? D'on havia tret aquella paraula que mai no havia dit?

«Ara ja estic bona i t'escric d'amagat. No em deixarien casar amb tu per culpa del teu ofici, que et fa anar d'una mar a l'altra...»

Com que li començava a venir son es va posar a escriure de pressa:

«Quan siguis a Port Saïd, pensa només en mi...»

Havia llegit que a Port Saïd hi havia noies de molts països. Russes i tot; i deien que eren molt boniques.

«Si trobes una noia russa, no la miris: pensa en mi. Si te n'agrada una d'alemanya, deixa-la i pensa en mi. Si és italiana, que diu que són apassionades, pensa en mi. Però si pensar en mi et fa acostar a elles, no pensis gens en mi.»

Va trobar que semblava un romanço. Una vegada havia vist un home que explicava històries pel carrer. A dalt de tot d'un gran cartell, entre altres figures, hi havia una dona amb el coll tallat i el cap a terra, a tres passes, amb els ulls oberts. Tenia els braços enlaire i semblava que estigués a punt de fugir. L'home deia tot assenyalant la dona amb una canya:

—Guaitin, guaitin, com la desesperació li fa tancar i obrir els ulls del cap: és perquè el cervell encara pensa.

Havia quedat esgarrifada i la por li havia durat molts dies. Quan anava a dormir li semblava que el cap d'aquella dona la perseguia, botent, pel passadís.

«Et voldria prop meu, però potser no podria deixar de besar-te, sobretot si portaves aquella corbata vermella i anaves amb els cabells lluents. Et faria tants petons que estaries a punt d'ofegar-te i et pensaries que ets al fons del mar. Com que no et deixaria nedar, val més que siguis ben lluny i així et salvaràs i podràs pensar en mi.»

Va firmar només amb el nom:

«Aloma.»

Després va agafar el sobre. Quina adreça hi posaria? Va pensar una mica i va escriure:

Itàlia
Sr. Robert Magallanes
Carrer Fortignoli, 7
Roma

Coral, una cosa així, no sabria fer-la. Va plegar el paper, el va ficar a dins del sobre, i va passar la llengua pel cantell engomat. Després el va picar amb la mà i va dir en veu alta:

—Ja està.

VIII

Essent tan semblants a la resta del món, podem confessar les nostres febleses.

MEREDITH, *Els comediants tràgics*

S'havia posat la capseta del coloret a la butxaca. No podia endur-se'n les dues pessetes a la mà, ni agafar el portamonedes després d'haver dit a Anna que només sortia un moment; ni posar-se-les a la butxaca sense amagar-les: si a Dani se li hagués acudit de mirar què hi tenia... Duia la carta clavada amb una agulla a la part de dins de la gavardina. Havia trobat per casualitat l'amagatall per a les dues pessetes. La capseta del coloret li havia caigut a terra, s'havia obert, i la pastilla, que devia estar mig desenganxada, havia saltat. Se li va ocórrer de seguida que podria amagar-les a sota de la pastilla. Perquè hi cabessin, hi va fer un sot amb la punta d'un ganivet.

Quan va ser prop de l'estanc es va ficar a dins d'una entrada i va desclavar l'agulla que aguantava la carta. Després va obrir la capseta del coloret i va agafar les dues pessetes. S'havien empastifat una mica i les va haver d'eixugar.

A l'estanc que havia triat no la coneixien, però abans de decidir-se a entrar es va aturar una estona a mirar l'aparador. Va empènyer la porta a poc a poc. L'estanquer era un home prim amb la cara arrugada i tan blanca que semblava que no tingués sang. Estava enraonant amb un senyor vell que triava fàries amb molta atenció i amb molta calma. A penes la va mirar. Si hagués estat segura que tenia prou diners li hauria agradat enviar la carta per avió, però com que no ho sabia, ni gosava preguntar-ho, la va deixar damunt del taulell sense dir res. L'estanquer va donar un cop d'ull a l'adreça, després la va mirar a ella, va mullar el segell a l'espongeta i el va enganxar. Aloma li va donar les dues pessetes i va agafar el canvi. Va sortir de seguida. Mentre tirava la carta, la camioneta de correus es va aturar gairebé al seu davant. Era de color roig fosc i tenia, a cada costat, un escut voltat de branques de llorer. En va baixar un home que va obrir la caixa, va treure les cartes i les va ficar a dins d'un sac.

Aloma va tornar a mirar l'aparador de l'estanc: hi havia pilotes de cinc cèntims, d'aquelles que no boten, piles de llibretes, capsetes amb sorpreses, broquets, llapis de colors, i pipes posades fent ventall. La camioneta, que no havia parat de trontollar amb el motor engegat, se'n va anar carrer avall. «D'aquí a dos dies n'escriuré una altra.» No tindria prou diners per a enviar-ne tres. Els que li sobressin els llençaria a la claveguera.

—Quin dia més bonic! —va dir, fent veure que estava molt contenta—. Aviat tindrem l'estiu a sobre.

Robert llegia. Aloma se li va asseure al davant, inclinada, amb els colzes damunt dels genolls i els palmells a les galtes. Va mirar el diari. Robert, com si no se n'hagués adonat, va plegar-lo i li va preguntar:

—Què mires?

—No et canses de seure i de no fer res?

—Què miraves?

—No ho sé. Pensava. Quan Anna i el nen se n'aniran, per què no te'n vas amb ells? Anna estaria contenta.

Robert va deixar el diari a terra:

—La vida de pagès no m'agrada, i no tinc ganes de conèixer gent nova.

Va tancar els ulls i quan Aloma ja es pensava que s'havia abaltit va afegir:

—I ningú no m'ha preguntat si hi volia anar.

Com que encara tenia els ulls tancats, Aloma el va poder mirar amb calma: el front, el nas, la boca.

«Amb la cara quieta sembla més bona persona —va pensar, tot alçant-se—. Abans d'anar-se'n s'enamorarà de mi.»

A la nit va escriure:

> Estimat, molt estimat:
>
> D'ençà que el nen va a col·legi em trobo més sola. Abans era valenta, però ha passat molt de temps i qualsevol cosa m'espanta. T'enyoro. Quan vam casar-nos no podia imaginar que aquesta soledat seria tan amarga; no vaig voler escoltar els consells que em donaven, i no me'n penedeixo. Alguna vegada penso: «Qui tenia raó?» Perquè no et veig mai, i visc sense cap mena de companyia, et voldria demanar que deixessis d'anar pel mar. A la nit tot em fa por. El teu fill ja sembla un homenet. Amb

els diners que vas enviar li he comprat un vestit de mariner. Li agrada molt posar-se'l. Si veiessis el goig que fa... Però amb prou feines el coneixes i ell no et coneix a tu...

Es va eixugar els ulls amb l'esquena de la mà. «Ara em torno ploranera.» Va acabar de pressa, enrabiada:

Com que tot el que t'escric és mentida, fes el que et sembli i no tornis. Vés-te'n ben lluny.

ALOMA

Per escriure tantes ruqueries més valia plegar. Va agafar el llibre que tenia amagat a dalt de l'armari, va ficar la carta dins i el va tornar a amagar. Tiraria la carta l'endemà al matí.

IX

Jo crec que l'home només somia per no cessar de veure.

GOETHE, *Les afinitats electives*

En havent sopat, quan Dani ja dormia, Joan, tot encenent un cigarret, va mirar Anna i va dir:

—Fan una pel·lícula molt bonica; per què no hi aneu? Robert m'ha dit que us acompanyaria.

Aloma va pensar: «Anna dirà que està cansada.» Quan va veure que no deia res va alçar el cap:

—Com vulguis. No crec que el nen es desperti.

—No em feu sortir —va sospirar Anna.

Amb el dit anava resseguint el dibuix de les tovalles:

—No tinc esma ni de pujar a dalt a pentinar-me.

—La idea ha estat de Robert. Diu que li feu pena, sempre tancades a casa.

Aloma va sentir que les galtes se li encenien. Pena? Per què li havia de fer pena? De sobte la irritació se li va fondre: al capdavall Robert la compadia perquè era de compadir. Més aviat li hauria de donar les gràcies. Estava mig morta de son, però li havien vingut moltes ganes de sortir amb ell.

—Si Anna no vol venir, hi podem anar Robert i jo.

Si hagués estat segura que dient que ella tampoc no volia anar-hi Robert pensaria que ja estava bé tancada a casa i que no el necessitava per res... «Però és capaç de creure que em fa angúnia d'anar sola amb ell i em trobarà ridícula.» Coral sortia sempre que volia, i anava a ballar i al teatre sense donar explicacions.

—Doncs cuita, que farem tard.

Va pujar l'escala corrent per anar-se a vestir. No es pintaria els llavis perquè a Robert no li fes angúnia que la miressin massa. Es va posar el vestit blau marí que a la nit encara semblava nou. Una de les sabates tenia el taló torçat.

—Corre, no t'adormis.

—Ja estic.

Tot baixant l'escala va pensar que es posaria una flor. Sense dir res va entrar a la cuina i va encendre un cul d'espelma. Quan va tornar a passar pel menjador, Joan la va mirar:

—On vas, ara?

—Al jardí. Vaig a collir una flor.

—Deixa't estar de flors a aquestes hores.

—Doncs aniré sense.

Va tornar a la cuina, va bufar l'espelma, i d'una revolada la va deixar al costat dels fogons. Robert l'esperava fora de la porta.

—Anem —va dir.

Les clavellines estaven florides. Hauria pogut collir un clavell, qualsevol, sense mirar-lo. Però ja li n'havien passat les ganes. I les ganes de sortir.

El cinema quedava una mica lluny. Caminaven de pressa, sense dir-se res, només es sentia el repic dels talons d'ella damunt de l'empedrat i la remor del vent en els jardins. Aloma mirava les dues ombres estirades a terra. Començava a sentir-se embriagada pels perfums de la nit i per aquell caminar lleuger. Semblaven soldats: un, dos, un, dos. Es moria de ganes d'alçar el cap per mirar les estrelles però tenia por d'ensopegar i que Robert se'n rigués. Li anava venint una gran alegria.

Quan van entrar ja havien començat. La noia que els acompanyava amb la llanterneta va girar el cap dues o tres vegades i els va fer seure una mica endavant. Se sentia pudor d'estora empolsegada; les bombetes vermelles de les parets estaven una mica despintades i n'hi havia una que de tant en tant s'encenia i s'apagava. Feien les actualitats: uns quants cavalls corrien amb el coll estirat i saltaven uns boixos amb aigua al darrera. Un de blanc i negre va caure i els que tenia més a la vora se li van amuntegar al damunt. Van tornar a passar aquell tros a poc a poc. Les cues voleiaven amb calma, Aloma mirava amb el cor encongit el cavall blanc i negre perquè ja sabia que havia de caure. En el moment de saltar, el cavall va doblegar les potes del davant a sota del ventre i va fer una tombarella dolça.

—Què et sembla? —li va preguntar Robert.

Va pensar que si deia que li agradava la prendria per una criatura.

—Què vols que et digui...

La pel·lícula llarga començava amb una gran festa en una terrassa; al fons, darrera d'unes plantes de fulles amples, es veia un riu. Les parelles ballaven entremig de tauletes i quan la música s'acabava tothom s'asseia i bevia xampany. Moltes noies fumaven. Una, que s'assemblava a Coral, anava amb un senyor de cabells blancs, molt elegant; es van acostar a la barana a mirar el riu i quan van arribar-hi es van apagar els llums. D'un costat, il·luminada per un reflector, va sortir una negra que es va posar a cantar una cançó molt trista: «Sota la lluna de Harlem.»

La veu s'anava fent desesperada. Deia que aquella lluna no era com la dels camps del sud on els negres treballaven, sinó una lluna malsana que emmetzinava. Aloma va pensar que a fora la nit devia ser bonica, amb els carrers i els jardins adormits sota d'una lluna tendra. Potser hauria valgut més quedar-s'hi.

Tornaven cap a casa. Estava mig adormida i a penes s'adonava que Robert caminava al seu costat. Hauria volgut dir alguna cosa però no se li acudia res. Va fer un esforç per desvetllar-se i va mirar Robert de cua d'ull. Li va semblar que estava trist. Per què no li explicava mai res? S'acostaven a un fanal i, amb els ulls mig tancats, el va veure voltat d'una boira de colors. Un gos es va posar a lladrar en un jardí. Les branques que sortien per damunt de les parets estaven quietes. A l'altra banda del carrer una palmera es retallava contra el cel, tan alta, que feia basarda de mirar. A l'últim Aloma va dir:

—No t'agradaria caminar sempre?

—Què dius?

—A mi sí.

No havia volgut repetir la pregunta. Tan distret estava que ni l'escoltava? Li hauria agradat agafar-li el braç perquè el carrer estava mal empedrat però no va gosar. Tot era molt diferent de quan havien sortit de casa. Ho devia fer la son. Ja hauria volgut ser al llit i no tenir la feina de despullar-se. Un núvol havia tapat la lluna. «Sota la lluna...» De negres n'havia vistos en una altra pel·lícula, feia molt de temps; uns pobres negres que ballaven amb les seves dones fent tremolar les mans. Elles duien faldilles plenes de farbalans i un mocador lligat al cap que els feia dues banyes a dalt del front. Les que anaven més elegants portaven boàs de plomes llargues enroscats al coll i barrets posats de tort. Tenien el blanc dels ulls i les dents com si fossin de neu glaçada.

El reixat no va grinyolar gens, feia pocs dies que havia untat les frontisses. Va esperar que Robert tanqués; de primer va sentir el soroll de la lleba, després el de la clau.

—Per què no ens quedem una mica al jardí?

—Com vulguis.

Del galliner sortia una fortor de cosa fermentada i calenta. Van baixar els tres graons de darrera el sortidor. En aquell tros de jardí hi havia més arbres i les branques eren més espesses. A les cases del Putxet no es veia ni una finestra amb claror.

—Tothom ja deu ser al llit —va dir Aloma—. Potser val més que anem a dormir; és molt tard.

Van tornar cap a l'entrada i es van quedar un moment sota de la morera.

—El Maricel no es veu gaire bé però per Sant

Joan pujarem al terrat i veurem tota la il·luminació. Suposo que encara seràs aquí.

—És clar.

Li va semblar que la mirava i es va acostar a la vidriera. Mentre esperava que Robert obrís va sentir olor de llessamí.

—No ho entenc; he sentit olor de llessamí i encara no està florit.

Robert va riure:

—Deus haver sentit l'olor que feia l'any passat... Saps si ha sobrat cafè?

A la cuina Aloma va pensar: «És com si fóssim casats.» Tornaven del cinema, li hauria de donar cafè... Va obrir l'armari i en va trobar de fet.

—No et sap greu que sigui esbravat? Si vols, en faré de nou.

Tenia ganes d'estalviar-se la feina i poder anar al llit de seguida.

—És igual, beuré el que hi hagi.

—Si tant et fa, escalfaré el vell.

Robert se'n va anar al menjador. Al rellotge van tocar les dues. Quan Dani estava malalt era l'hora que Robert anava a rellevar-la. Li preguntava: «Dorms?» Ella s'aixecava, li deia adéu en veu baixa i se n'anava de puntetes.

Aloma va entrar al menjador amb la tassa de cafè en una mà i amb la sucrera a l'altra.

—Què vol més el senyor? Anís, conyac? Demani, que no hi ha res de tot això.

Es va posar a riure tan fort que la tassa se li va decantar i el cafè es va escampar per terra.

—Què et passa?

—Calla —va dir ella encara rient—. Es veu que n'havia de fer.

Va tornar a la cuina i Robert va seguir-la. Li va fer alegria que no la deixés sola. El sentia una mica estrany. Sense mirar-lo, va omplir un cassó d'aigua i el va deixar damunt del fogó. El gas va trigar a encendre's i tot d'una va esclatar en una corona de flames que gairebé li van cremar els dits. Quan l'aigua va començar a bullir va tirar el cafè a dins.

—L'haurem de deixar reposar.

Es va recolzar a l'armari amb els braços encreuats. Era un armari vell, però feia un any que l'havia esmaltat i encara era ben blanc. Com que no sabia de què parlar, va dir:

—Ens hem deixat el llum del menjador encès.

Robert s'havia assegut en una cadira baixa.

—No val la pena d'apagar-lo.

Quan el cafè va estar llest, Aloma va omplir la tassa. Robert se'l va beure d'un glop.

—Com te l'has pogut empassar tan de pressa, sense cremar-te? —Es va agafar el coll amb una mà—. Ha estat com si m'hagués cremat jo.

Robert, que ja s'havia aixecat de la cadira, la va mirar rient:

—El cafè s'ha de beure de pressa, sobretot a aquestes hores.

Van pujar l'escala. «Hauria de dir-li alguna cosa perquè vegi que m'ha agradat de sortir amb ell.» Però no sabia com començar. Quan van ser davant de la seva porta, tot d'una, sense pensar-s'hi, li va agafar les mans:

—Em sembla que t'he de donar les gràcies per haver-me tret una estona de casa.

S'hauria mossegat la llengua. Per què no podia dir mai les coses de la manera que li hauria agradat de dir-les? Robert li va estrènyer els dits; la mirava fixament, sense parpellejar.

—Aloma... —va dir baixet.

La va agafar per la cintura i li va besar els llavis amb un bes llarg i dolorós.

X

Tenia ganes d'anar-me'n lluny, com més lluny millor; allà on neix el mal temps.

DOSTOIEVSKI, *La dispesera*

L'endemà, després de rentar-se la cara, es va quedar una estona quieta davant del mirall. A la nit, un cop tancada la porta, s'havia passat les puntes dels dits pels llavis com si volgués tornar a sentir tota aquella dolçor. Li havia costat molt d'adormir-se. Què passaria? No res. Després de besar-la, Robert gairebé havia fugit. «Un petó, ben mirat, és molt poca cosa.» El que no podria oblidar mai era la seva veu: «Aloma...»

No van estar ni un moment sols en tot el dia. A les hores de menjar semblava que juguessin a no mirar-se. A la nit, tot pujant l'escala amb Anna per anar a dormir, es van parlar com si no hagués passat res. «Mai no hauria dit que fos tan fàcil de dissimular», va pensar Aloma quan es va quedar sola.

Al cap d'una setmana, mentre preparava les maletes d'Anna i de Dani, li van venir ganes d'anar amb ells. Feia anys que no havia estat en aquella masia, però era com si encara veiés els camps daurats i el color blau de les muntanyes. Dels graners curulls sortia una olor calenta. El celler era fresc, amb unes bótes tan grosses que hi havien d'abocar el vi des de la teulada, aixecant una trampa. Molt a la vora hi havia una esglesiola i les criatures dels masovers sempre miraven pel forat del pany per veure si els morts deien missa. Pel camí de les hortes hi havia dues basses d'aigua roja, plenes de granotes. A la nit, mentre els homes batien a la claror de la lluna, se sentia córrer rates per les golfes.

Tot d'una, com ja li havia passat altres vegades, va sentir una gran tendresa per la seva casa. No, no hi aniria. Trobaria a faltar Dani és clar, però la consolava pensar que es posaria bo i que tornaria amb els ulls plens d'alegria, com abans.

Anava plegant la roba petita que havia planxat i la ficava a la maleta.

—Vols que t'ajudi?

Dani havia entrat sense que el sentís. Aloma, que estava agenollada, va aixecar el cap i es va apartar uns cabells que li queien pel front:

—Sí, però no m'esbarriïs res. Porta'm els mocadors.

Dani va agafar una pila de mocadors de damunt del llit i li van relliscar tots a terra.

—Veus?

El nen la va mirar espantat i va arrencar a plorar.

Aloma va pensar: «Pobre Dani, encara està malalt.» Va abraçar-lo i li va eixugar les llàgrimes. Per la finestra entrava un aire tebi.

—Per què no vas a jugar al jardí? Vols que t'hi acompanyi?

Al passadís van trobar Robert.

—Ja tornes a plorar? —va dir estirant-li una orella.

Dani el va mirar amb ràbia i es va posar a córrer cap a l'escala.

—No li havies d'haver dit res; encara no està bé i qualsevol cosa el fa plorar.

S'havia molestat, però va recordar aquelles setmanes en què Dani estava malalt i ell li feia companyia.

—Em sap greu. Em pensava que el faria riure.

Aloma va entrar a la cambra.

—On vas?

—He d'acabar de fer les maletes. Tu en deus saber molt.

Mai la seva veu no li havia semblat tan forçada. No sabia què fer de les mans ni on mirar. «És capaç de pensar que ho he dit perquè vull que m'ajudi.»

—No, no en sé gens.

Aloma s'havia tornat a agenollar per acabar d'endreçar la roba. Les hi feia algú? «Quina mania de pensar que té una amiga...» Quan ja creia que se n'havia anat va sentir que Robert li preguntava:

—Què vol dir el teu nom?

Mig amagada per la tapa de la maleta, Aloma va obrir els ulls, sorpresa.

—El meu nom? Per què m'ho preguntes?

—Perquè és un nom estrany... i dolç.

Al cap d'un parell de dies Joan va portar els bitllets. Anna els va ensenyar a Dani:

—Mira, aniràs amb tren.

Dani es va acostar a Aloma sense dir res i li va

agafar les mans. Se'n va anar l'endemà de matí. Aloma, dreta a l'andana, es penedia d'haver anat a dir-los adéu. L'estació era bruta. Un home amb les galtes i la punta del nas vermells regava a poc a poc amb una regadora vella per treure la pols. Les vies brillaven. El maquinista va sortir de la màquina i es va asseure a l'estrep: tenia la cara i les mans molt emmascarades i fumava un cigarret de pressa com si tingués por de no poder-se'l acabar. Aloma va donar les maletes a Anna i va ajudar Dani a pujar al vagó. Quan el tren va començar a moure's Dani va treure el cap per la finestreta i la va cridar dues o tres vegades. Els ulls se li van entelar.

Amb Anna i Dani fora, la casa semblava més gran i més vella. Quan va haver tornat de l'estació, Aloma va fer els llits. Estava sola. Joan era al despatx com cada dia i Robert havia sortit molt aviat a fer-se arreglar uns papers. El vell Cabanes es va presentar a l'hora de sempre, però Aloma no tenia res per a donar-li. Tot encenent la pipa la va mirar amb malícia:

—No et deurà faltar companyia.

Ho va dir recalcant les paraules. L'hauria bufetejat perquè no podia sofrir la gent malpensada. Quan el vell va ser fora va respirar tranquil·la i se'n va anar a la cuina.

A l'hora de dinar semblaven tres ànimes en pena i amb prou feines van enraonar. Tot prenent el cafè Joan va dir:

—On deuen ser, ara?

Es veia que ho havia dit per dir alguna cosa. Aloma va estar a punt de saltar: «Almenys hauries pogut demanar un parell d'hores i acompanyar-nos a l'estació.» Però va callar com sempre. Feia voltar la cullereta per la tassa i recordava Dani cridant-la des del tren. Joan, que s'havia servit una mica més de cafè, va preguntar a Robert:

—Per què no aneu a passejar una estona aquesta tarda?

Sense esperar que Robert contestés, Aloma es va endur la cafetera a la cuina. Quan era petita i li feien desparar la taula, anava apilant els plats i posava els coberts i els vasos al damunt; tot el que podia, per estalviar-se d'anar i venir massa vegades. S'ho enduia molt a poc a poc, amb por d'ensopegar. Quan arribava a la porta de la cuina feia una corredissa i ho deixava tot a dintre de l'aigüera. Aleshores deia baixet, amb una tonada que s'havia empescat: «Ja estan salvats, ja estan salvats...» Un dia va entrebancar-se i els vasos i els plats es van fer miques.

A la cafetera hi havia quedat un cul de cafè. El va abocar en un platet i se'l va beure. Era amarg, però li va agradar.

Joan, des de la porta, li va dir adéu. Aloma se li va acostar: tenia ganes de preguntar-li què li havia dit Robert però va tenir por que Robert la sentís i no va gosar. Joan li va donar un cop a l'espatlla.

—No estiguis tan trista.

No estava trista: estava com buida. Al menjador Robert s'havia aixecat i acostava la cadira a la taula. Aloma va agafar les tasses de cafè.

—Vols que t'ajudi?

—No cal. —No estaria bé que es fes ajudar. S'havia adonat que Robert estava cohibit. Sense voler, li va mirar els llavis i va apartar els ulls de pressa. Amb les tasses a la mà, i quan ja s'havia girat per endur-se-les, va sentir que Robert li deia:

—Me'n vaig a dalt una estona perquè tinc mal de cap.

No s'ho va creure. «És una excusa per no sortir amb mi.»

La cuina feia pudor de menjar. A sota de l'aigüera, mig amagat, hi havia l'auto vermell de Dani. Tenia el volant arrencat i només li quedava una roda. Aloma la va fer voltar. Al matí les rodes del tren havien començat a girar com si els costés... Mig d'esma va deixar la joguina en un prestatge.

Rentava els plats molt a poc a poc. Després hauria de desar-los, eixugar els coberts, escombrar el menjador. Des de la finestra, el jardí semblava pintat. Què devien fer Anna i Dani? Potser ja havien arribat i estaven a punt d'agafar la tartana per anar a la masia. Aviat passarien per entre els blats i veurien les basses d'aigua roja... S'havia quedat dreta al mig de la cuina i al seu voltant el silenci semblava que pesés. Estaria molts dies sense sentir la veu de Dani al matí. Ell potser l'enyoraria. Per què no hi havia algú que l'estimés, fos qui fos, però de debò? Es sentia vella. Anna tenia Dani, Joan. Ella no tenia ningú. Robert se n'aniria.

Li van venir ganes d'anar a dalt i explicar-li tot el que pensava: dir-li que no sabia ben bé què volia. Es sentia una mica perduda. Anava a agafar l'escombra per netejar el menjador però es va estimar més sortir a fora. La vidriera estava ajustada. Asseguda en el primer graó, i aixecant el cap, es va adonar que el llessamí ja tenia flors. Les plantes més petites es veien mig mortes de set. Les hauria de regar. Tot i que estava molt cansada, va buidar mig sortidor. Després es va tornar a asseure al peu de la vidriera fins que es va començar a fer fosc. Per damunt dels arbres va passar un vol d'orenetes xisclant. El cel s'anava tornant d'un blau gris i no podia arribar a veure si estava serè. Encara no hi havia cap estrella.

«Si m'adormo no faré el sopar.» Hauria de tancar els finestrons. El diari duia que havien robat en una casa molt a la vora de la seva. Tot d'una va recordar que no havia donat el gra a les gallines. Va encendre el llum del menjador i va obrir la finestra perquè sortís una mica de claror. La bombeta de damunt de la vidriera feia uns quants dies que s'havia fos. Les gallines ja estaven ajocades. Va abocar el blat de moro a la menjadora i va fer quatre crits per espavilar-les. Després va tornar a tancar la finestra del menjador. Estava tan avorrida que s'anava enrabiant. Per què Joan havia hagut de dir a Robert que la dugués a passejar i per què Robert no l'havia treta?

S'hauria de decidir a fer el sopar. Posar l'olla al foc i tornar a empastifar la cuina. Va despenjar el davantal i se'l va lligar ben estret a la cintura. A la butxaca hi duia una bala de vidre que Dani, abans de marxar, li havia demanat que guardés. Per no sentir-se tan abandonada es va posar a enraonar sola:

—Passi, el ball enamora. Quin vestit! Si vol parlarem; hem de dir-nos tantes coses... Avui la trobo més encisadora que mai, no sé què ho deu fer... Oh, Eleonora, la duc clavada al cor...

Tenia ganes de trencar l'olla, però es va aguantar. Va agafar unes quantes patates.

—Oh, amigues meves, no pensava pas trobar-les en aquesta magnífica festa! —Els va ensenyar el ganivet—: Per Déu, diguin, va ser lluït el te benèfic?

XI

Maleït aquell qui, en els primers moments d'una unió amorosa, no cregui que aquesta unió ha d'ésser eterna.

BENJAMÍ CONSTANT, *Adolf*

Feia tanta calor que havien de dormir amb la finestra oberta, i fins a la matinada no entrava una mica d'aire fresc. A l'hora de sopar, uns mosquits allargassats voltaven el llum del menjador així que l'encenien i unes papallones petites com arnes, d'un verd esblaimat, que no feien cap mal, anaven morint cremades a la bombeta. Entremig de les clavellines, d'alguna llavor que hi havia anat a parar, havia nascut una ruda; arrapada a una branqueta, de vegades, Aloma hi veia una eruga ratllada de groc i de negre, quieta com si fos morta; si la tocava amb la punta d'una fulla s'arronsava una mica. A la cuina havien sortit formigues. Quan els va descobrir el cau, Aloma hi va tirar un raig de lleixiu per matar-les; va estar dos o tres dies sense veure'n cap, però un matí van tornar a sortir més valentes que mai, les unes darrera de les altres, com una processó. Va tapar el cau amb cera, i la van foradar; eren vermelles i rabioses, i arrossegaven grans d'arròs i engrunes de pa. Com més feia per acabar-les més en sortien.

Anna escrivia sovint i sempre donava bones notícies. Explicava que Dani anava descalç tot el dia i s'havia tornat negre com un escarabat. Menjava i dormia bé. Deia que procurava no parlar mai a Carme del seu marit; i la nena, que es deia Marta, era bonica com un àngel. Tot just començava a caminar. Dani se n'havia enamorat i no la deixava ni un moment. Hi havia un bé de Déu de blats i tothom vivia esperant la sega.

No t'he dit res fins ara —li va escriure Aloma quan ja havia rebut dues o tres cartes— perquè aquí tot està igual. Joan em diu que et doni records i que facis una abraçada ben forta al nen de part seva. Records, també, de Robert; no és mai a casa i es pot dir que només el veig a les hores de menjar. No tinc gaires coses per explicar-te. Ah, sí! Al cap d'una setmana d'haver marxat vosaltres, es va presentar Coral. Potser perquè em va trobar sola, se'n va anar aviat. Em penso que tenia ganes de veure Robert. Ahir va tornar. No venia gairebé mai i, en poc temps, ha vingut dues vegades. Anava molt mudada. Al jardí no s'hi podia estar de calor, i ens vam asseure al menjador, davant de la finestra. Em va preguntar per Joan. Ho devia fer per dissimular, perquè de seguida va parlar de Robert. Havia posat una cama damunt de l'altra i se li veia un tros de cuixa. Com si fos la cosa més natural del món em va dir que li semblava que Robert s'ha deixat el cor allà baix. Em punxava perquè li expliqués coses; però jo, muts. Només vaig dir, fent cara de lluç: «I ca!» Em va mirar una estona: «Què vols dir, i ca?» Com que vaig veure que estava una mica agressiva li vaig aconsellar que prengués til·la. Es va dominar i es va fer l'amiga: «Tot el dia esteu sols? Mira que no et trobis embolicada...» Ja era massa i de moment no vaig saber què contestar. A l'últim vaig dir-li que no s'hi amoïnés. Duia un anell amb un brillant que no li havia vist mai. Com que ja no devia saber què dir, em va preguntar: «Què en deurien donar d'aquesta casa?» Li vaig dir que no tenia preu. «¿Vols dir que és tan cara?» Aleshores em va preguntar per vosaltres. Li vaig dir que estàveu bé i, per veure si la cansava, li vaig explicar que a la masia aviat segarien i que la nena de la Carme Vidal es deia Marta i ja tenia dues dents. Quan va estar tipa de sentir-me va dir que havia d'anar a casa de la modista. Vaig trobar que havia estat una visita molt estranya.

Aquest migdia el vell Cabanes s'ha queixat que gairebé no li dono res per les gallines. Jo li he dit que no era gens estrany perquè som més pocs i he de pensar en les nostres. N'hi ha una de lloca: la més rossa. Ahir vaig omplir mig cubell d'aigua i la vaig ficar a dins. Escolta; quan torneu, porta un pi petit o dos. L'un o l'altre deurà arrelar. Els plantaré allà on hi havia hagut la prunera. El jardí està minat de bestioles i a la cuina hi ha formigues. Ja no queda cap flor, però el llessamí sembla un núvol blanc i per Sant Joan tindrem gardènies.

Hem decidit de passar la revetlla fora de casa. Em fa tanta alegria que no hi puc pensar. M'estic canviant de forma el vestit blau. Volia fer-me'l llarg fins als peus afegint una faixa d'un blau més clar al baix de la faldilla, però no he gosat. Com que no he tingut mai cap vestit de ball, potser semblaria una disfressa i no sabria caminar. Estic segura que cauria, i adéu el nas d'Aloma! Digues a Dani que hi penso molt, que li guardo la bala, que només l'estimo a ell. Divertiu-vos força i no penseu gens en mi. Adéu.

ALOMA

P.S. Si aneu a Agramunt no espanteu els capgrossos del dipòsit. Saps? Tenim un grill al jardí. És la primera vegada que ens passa i no sabem d'on deu haver sortit. Té una cua punxeguda i una faixa clara al voltant del cos. Quan el vaig veure vaig pensar que era un escarabat. Però a la nit, allà on l'havia vist, vaig sentir el ric-ric. Un grill com una casa!

No tenia gens de ganes de cosir, però s'havia d'acabar el vestit perquè l'havia mig desfet i era l'únic que es podia posar. La tarda que va acabar-lo feia tanta calor que les gallines no havien sortit de la seva caseta: estaven ajocades a la barra, amb els becs oberts. Aloma cosia al jardí. A la bóta que tenia més a la vora s'estaven obrint dues gardènies. Feien una olor que marejava. El dia de Sant Joan se les clavaria amb una agulla que agafés el tirant de la combinació i així no li farien penjar l'escot d'una banda. El vestit li havia quedat bastant bé però amb una màniga una mica més ampla que l'altra.

Una setmana abans ja es van començar a sentir coets. A la nit era un delícia seure una estona al banc del capdavall del jardí. Robert passava més hores a casa. Estava més amable. Una tarda, en el moment que anava a sortir, es va adonar que Aloma el mirava:

—Què mires? —li va preguntar somrient.

Aloma s'estranyava que quan va arribar li hagués agradat tan poc. Potser ho feia que s'hi havia anat avesant. El dia que va entrar al menjador amb el vestit posat perquè el veiessin, Robert li va dir que era molt bonica.

Van tancar totes les finestres i tots els finestrons: si entressin espurnes es podria calar foc. Al seu carrer, tan solitari sempre hi havia criatures que corrien i cridaven. La pila de llenya era molt alta i el marit de la senyora Baixeres, gros i rialler, l'estava encenent quan ells van sortir. Al cel ja es veien resplendors i tot semblava ple de vida. Van passar per davant d'una muntanya de flames. Aloma, entre Joan i Robert, va riure de veure tantes criatures de nassos al foc, esperant que les flames no fossin tan altes per saltar-les. Les gardènies que s'havia posat feien molta olor. Un coet va pujar més amunt dels terrats i es va desfer en una pluja de guspires verdes. No recordava qui li havia explicat que algunes noies, a mitjanit, tiraven plom fos en una galleda plena d'aigua per veure la cara que tindria el seu promès. Es sentien xiscles i a gairebé totes les finestres hi havia alfàbregues.

Als Josepets van agafar el tramvia i, com que anava ple, van pujar a l'imperial. Robert es va asseure al costat d'ella. Les copes dels arbres, atapeïdes de fulles, i les cases amagades al seu darrera anaven passant com si no haguessin d'acabar-se mai. L'aire li enfresquia les galtes i li tirava els cabells enrera.

A la segona parada, Joan, que estava davant d'ells, es va aixecar perquè pogués seure una noia que duia un vestit molt escotat, sense mànigues. El qui s'hauria hagut d'aixecar era Robert, més jove. El va trobar mal educat, però li va agradar que no s'hagués mogut.

—Saps què voldria fer si les branques no passessin tan arran? —va dir Aloma a Robert—. Treure el cap a fora i mirar les espurnes que salten de les rodes.

Robert va riure. Havien arribat a la Plaça de Catalunya i van baixar. A dalt de l'imperial feia fresca però quan van començar a caminar la calor era horrorosa. Un noi, menjant un gran tros de coca, va passar pel costat d'Aloma i li va donar una empenta. La terrassa del Colón estava plena de gent i de cambrers, amb jaqueta blanca, anaven i venien servint begudes. En una de les primeres taules hi havia una senyora carregada de joies que la mirava. «No deu ser pas perquè em tingui enveja —va pensar Aloma, que començava a sentir-se fora de lloc—. Potser només sóc feliç quan estic en el meu jardí, mirant les estrelles.» Al seu davant, agafats per la cintura, caminaven un noi i una noia. La noia duia un vestit vermell i unes sabates de xarol amb uns talons de pam. Va sentir la veu del seu germà:

—Aneu caminant, que ja us atraparé. —Va saludar amb el braç algú que ella no veia i gairebé es va posar a córrer.

—Em sembla que no el tornarem a veure —va dir Robert.

Aloma s'havia molestat:

—Això que ha fet no està gens bé. El meu germà, de vegades...

—Sempre troba amics que fa temps que no ha vist —va dir Robert, mirant-la i rient—. Et fa por d'anar amb mi?

—No.

Aloma va tornar a veure la noia del vestit vermell. Hauria volgut ser com ella i anar Rambla avall amb un noi que l'agafés per la cintura. Sense saber per què li va fer vergonya el que pensava.

Robert la va agafar del braç.

—Se t'endurien del meu costat, i no ho vull. Joan qui sap on para. Potser pensa que ens trobarà a Montjuïc.

A Montjuïc hi havia tanta gent com a la Rambla. Es veien dones boniques. Aloma s'havia quedat encantada mirant-ne una de molt jove que duia un vestit de gasa, guarnit d'ermini, amb la faldilla llarga fins als peus; tenia la cara pàl·lida i els ulls, voltats de negre, li brillaven com si fossin d'aigua. L'acompanyava un senyor vell, molt ben vestit, i anaven agafats de la mà. S'havien aturat davant d'una atracció: un home amb caçadora de pell, arrapat a una moto, no parava de donar voltes per dintre d'una gàbia molt gran, en forma d'ou. Quan va haver acabat, va baixar de la moto i va saludar. Robert i Aloma van pujar a les muntanyes russes. Després van menjar salsitxes i van tirar anelles a uns ànecs que decantaven el coll per esquivar-les. Aloma estava atabalada.

—Anem a seure? —li va dir Robert.

—Què li deu haver passat a Joan?

—No hi pensis. Quan el veurem li farem una cara nova. Aloma...

—Què?

—Fas bonic, avui.

—Només avui?

El va mirar i li van venir ganes de riure.

—I sempre —va dir Robert tornant-li a agafar el braç.

—Ah!

Van començar a riure de tot: d'una dona grossa que s'havia aturat a mirar els ànecs i els deia coses, d'un vell amb barba que caminava arrossegant els peus, d'una noia alta i prima al costat d'un noi baixet, tristos com si anessin a un enterrament.

—Aloma, no has festejat mai?

—Em sembla que no en sabria.

Es sentia olor d'herba. Aloma es va aturar davant d'una panera de lliris vermells. Al cap d'un moment es va girar i va dir que Joan no els havia d'haver deixat.

—Encara hi penses?

—És segur que ja no ens trobarem.

—Ah!

—Per què m'escarneixes?

—Jo?

—Sí. Abans jo també havia dit: ah!

Van entrar a la pèrgola i es van asseure a l'única taula que hi havia lliure, a la vora d'una tanca de boixos. Entre dues branques hi havia un fil de teranyina; una aranyeta al mig feia una taca grisa. Aloma, amb un dit, va trencar el fil. Gairebé sota d'ells un canó vell apuntava la ciutat. El cambrer es va acostar. Aloma veia una llenca de port plena de llumets, amb les vagonetes al damunt que es creuaven de tant en tant. A la banda del Tibidabo hi havia la seva casa, adormida en el jardí, on es devien haver obert més gardènies. Tres o quatre parelles, assegudes a la taula del costat, enraonaven i reien. Els homes, amb smoking; les dones, amb vestit de nit. Una de molt morena es cobria les espatlles amb un mantell de Manila blau, brodat de roses blanques. Al cap de molta estona el cambrer els va deixar dos gelats damunt de la taula, una ampolla d'aigua i dues copes. Aloma, distreta, pensava: «Que bonic!» Totes aquelles coses, que no tenia costum de veure, l'omplien de benestar. Hauria volgut explicar el que sentia però li feia por que Robert se'n rigués. Hauria volgut dir-li que li agradaria passar la vida asseguda de cara al port, al costat d'ell. El cel s'havia cobert, i els núvols, damunt de les cases, semblaven encesos.

—Aloma.

—Què?

—Estàs molt callada. Tens son, oi?

Aquell oi, tan innocent, que mai no l'hi havia sentit a dir, va trasbalsar-la. Mai no hauria imaginat que tingués un so tan dolç i tan tendre. Ella ho deia sovint i Robert s'ho devia haver encomanat. «Si ara em preguntés què penso, què li contestaria?» Robert s'estava acabant el gelat; el d'Aloma s'anava fonent.

—No t'agrada aquest gelat?

—Molt. Però tinc set.

Robert li va omplir una copa d'aigua i ella se la va beure sense respirar. Va agafar una mica de gelat, però no va gosar dur-se la cullereta als llavis, perquè Robert la mirava.

Fins a la pèrgola arribaven els xiscles dels qui havien pujat en els cotxets elèctrics. No gaire lluny hi havia una gran roda amb aeroplans que giravoltaven. Tot d'una va començar el castell de focs: els rams eren grocs, vermells, blaus; escopien estrelles i, voltats de fosca, es fonien i no en quedava res. Els anuncis de la Plaça de Catalunya s'havien anat apagant, ara l'un, ara l'altre. Per un esvoranc entre els núvols es veia un tros de cel negre com el mar.

Un dia, feia anys, Aloma havia anat a Badalona amb Anna i Joan. Després de sopar s'havien estirat a la platja. En el Passeig de Mar tocaven sardanes. No li agradaven, però aquella nit, amb les onades a la vora, li van fer venir enyorament. Per entre els núvols, el cel també era molt negre.

Va veure que Robert pagava els gelats i, sense saber per què, es va entendrir.

Quan van entrar al seu carrer li va semblar que havien caminat molt, que havien pujat a molts tramvies. Si hagués pogut s'hauria acabat el gelat que havia deixat damunt de la taula. Es moria de set.

El foc ja s'havia apagat. S'hi va acostar: les brases estaven colgades de cendra. Les va regirar amb la punta del peu i es van aixecar unes quantes flames petites, vermelles com aquells lliris de la panera de Montjuïc.

—Et cremaràs —li va dir Robert.

Feia un aire xafogós i una branca d'heura anava fregant la paret a poc a poc com si estigués mig adormida. Li va venir una mica de basarda. Tot li semblava misteriós: l'heura que es movia, la casa tan quieta, els clavells a banda i banda del sortidor, les flors que anaven caient del llessamí. Hauria volgut dir alguna cosa i no va poder.

La porta de la seva cambra estava oberta. Es va quedar dreta al llindar.

—Aloma.

Va ser com si es despertés i va sentir una angúnia de mort. Robert li havia agafat el braç. De sobte, la va estrènyer furiosament contra el seu cos i la va besar. «És l'olor d'aquestes flors... la teva joventut.» Aloma li va voltar el coll amb els braços. El cor li batia tan fort que tenia por que es sentissin els batecs.

Quan va ser de dia i es va trobar sola al llit es va fer llàstima. Es va passar una mà pel ventre, per l'espatlla... Es va tocar els llavis adolorits. Com si estigués borratxa va mirar al seu voltant. Pels finestrons ajustats entrava una claror dolça. Es va aixecar d'esma, va anar fins a l'armari, va treure la clau, la va tornar a posar. Tot li feia companyia, tot era com sempre: les parets, la bombeta que penjava trista del sostre despintat, les rajoles amb un dibuix senzill que se sabia de memòria. Va posar bé el vestit que havia deixat de qualsevol manera en el respatller de la cadira. Les gardènies, masegades i negres, feien fàstic..., i ella. Va ser a temps d'ofegar un crit amb la mà plana davant de la boca. Tenia el coll i el front entresuats. Els cabells li queien a la cara i se'ls va tirar enrera. Es va asseure al llit i es va mirar els peus, els genolls... La camisa de dormir estava desplegada per terra. Havia dormit nua. Els pits li feien mal.

Es va posar la bata i va anar a obrir la finestra perquè necessitava respirar una mica d'aire net. Li van venir ganes d'abocar-se a l'ampit, de mirar el jardí, però no va poder. Li feia vergonya que els seus arbres la veiessin. Era com si acabés de sortir d'una mena de mort.

A poc a poc, com indecisa, una paraula li va pujar ran de llavis i li va fer venir ganes de plorar. «Noia.» Es va quedar una estona quieta mirant a terra. Després es va ajupir, va agafar la camisa i va plegar-la. Estava molt cansada i els ulls se li tancaven. Es va girar d'esquena a la llum... «És l'olor d'aquestes flors...»

XII

Ella era a la vora i les altres no eren enlloc.

THOMAS HARDY, *Teresa dels Urbervilles*

Des del peu de l'escala, Joan va cridar:

—Aloma, ja són les dotze!

S'havia endormiscat i la veu del seu germà va desvetllar-la. Abans de saltar del llit va respirar profundament dues o tres vegades com si s'hagués estat ofegant: havia somiat una cosa esgarrifosa i no podia recordar què. Tenia els llavis ressecs. Tot d'una va pensar que hauria de saber dissimular molt per poder viure al costat de Robert sense que els altres s'adonessin de res.

—Ja vinc!

—A veure si et tornaràs a adormir. Ja fa més de dues hores que estic llevat i em vaig ficar al llit més tard que vosaltres. Sembla que ningú no recordi que avui és el meu sant.

No hauria volgut que el seu germà la veiés i tenia ganes que es fes de nit de pressa; una nit ben fosca, llarga. Mercè havia dit més d'una vegada que els homes, quan han aconseguit el que volen d'una dona, comencen a avorrir-la. Carme estava separada del seu marit i s'havien estimat molt. Anna, els dies que estava ensopida, deia: «Si hagués sabut com és la vida...» I Joan: «Et cases per tenir una companyia i després és un dogal.» Era com si aquelles veus la voltessin parlant-li de les seves vides tristes.

El pom de la porta va girar a poc a poc i Robert va entrar. D'una revolada Aloma va tancar la finestra i amb la mà es va aguantar la bata arran de coll: tremolava. Mai no hauria pensat que només de veure'l li pogués venir aquell gran neguit. Robert va agafar-la per les espatlles, la va mirar com si fes molt de temps que no l'hagués vista, i li va besar els llavis!

—No triguis; vine de seguida.

Quan se'n va haver anat, ella es va vestir amb un salt i va baixar sense ni rentar-se la cara.

Des de la cuina, tot acabant de fer el dinar, va sentir que Robert deia a Joan que havien anat Rambla avall una estona per veure si el trobaven, però que a l'últim ho havien deixat córrer.

—Jo també us vaig buscar. Si ens haguéssim trobat hauria pogut anar a dormir més d'hora.

Van passar el dinar parlant de la revetlla. Aloma esperava la tarda pensant que Joan se n'aniria i que es quedaria sola amb Robert. Necessitava alguna paraula que li donés una mica de tranquil·litat. Però, en havent dinat, Joan va dir:

—Aquesta tarda sortirem i acabarem de celebrar el meu sant. Us convido.

La va sobtar tant que va estar una estona sense saber què contestar.

—No tinc gens de ganes de sortir; estic massa cansada.

Pensava que Robert també diria que volia quedar-se, però no va dir res.

Així que Robert i Joan van ser fora va començar a voltar per la casa; estava frenètica. A entrada de fosc no es va poder aguantar més i va sortir a passejar. Els carrers eren deserts. A Muntaner, quan ja tornava, va pensar: «Aquí és on vam veure aquell carro bolcat; sembla que hagin passat anys.» Una cantonada més enllà va trobar una amiga de col·legi que anava amb la seva mare. Feia molt de temps que no s'havien vist i la van saludar contentes. La seva amiga s'havia fet molt bonica i li va fer saber que festejava. Tenien pressa perquè anaven a felicitar uns amics. Aloma es va quedar una estona mirant-les amb el cor ple de tristesa. Per a ella tot havia anat d'una manera estranya: «com si un lladre hagués entrat per la finestra». Es va estremir recordant la matinada, quan, nua a dins del llit, va sentir el cos de Robert contra el seu.

L'endemà, mentre estava desparant la taula, Joan es va treure dues cartes de la butxaca. N'hi havia una d'Anna; l'altra era d'Amèrica.

—No me n'havia recordat. Aquesta és per a tu.

Robert va agafar la carta que Joan li allargava, se la va ficar a la butxaca, i se'n va anar. Joan va obrir la d'Anna i es va posar a llegir-la en veu alta. Aloma amb prou feines el sentia: escoltava els passos de Robert, escales amunt.

«... el nen no està gaire bé: ha tingut un refredat i els refredats d'estiu són els més dolents. Si almenys algú de vosaltres estigués aquí... Per què no mireu de fer venir Aloma uns quants dies? Amb ella estaria més tranquil·la. Carme es porta molt bé, però està tan trista que no goso amoïnar-la. Si tot va com fins ara, no sé si ho podré aguantar. La dona del masover, que entén en criatures, diu que a Dani el canvi no li farà efecte fins a l'hivern. Potser sí, però jo estic neguitosa.» Continuava amb aquell to depriment.

—Què hi farem? —va dir Joan, tot plegant la carta—. No ens tirarem pas de cap al pou perquè el nen s'hagi refredat.

Es va passar la mà pels ulls amb un gest cansat i va donar la carta a Aloma:

—Desa-la.

Aloma es va quedar amb la carta a la mà sense saber què fer. Tenia unes ganes desesperades de veure Robert. Se'n devia haver anat a dalt per poder llegir la seva carta tot sol. «Si se n'anava... Sóc tan seva que ja no ho puc ser més.»

Va deixar la carta d'Anna damunt del primer graó de l'escala i va començar a pujar. Els polsos li batien i tenia les cames segades. Es va quedar dreta davant de la cambra de Robert sense gosar entrar. Li va costar molt de decidir-se. A l'últim va obrir. En un dels vidres de la finestra hi havia una abella molt grossa que botzinava.

Sense voler, va tancar la porta violentament i es va llançar als braços de Robert:

—Oi que no te n'aniràs?

Li va posar el cap damunt de l'espatlla i amb una veu fosca va afegir:

—És d'algú que estimes molt? Tant m'hauria de fer...

Els ulls se li havien omplert de llàgrimes i no va poder dir res més. La carta era damunt del llit. Robert la va agafar i va esquinçar-la.

Tot mirant els bocins escampats per terra, Aloma li va dir:

—Si sabessis com he patit! No em deixis...

Robert li va agafar la cara entre les mans i va murmurar:

—No sabria com fer-ho.

L'endemà al matí Aloma es va adonar de seguida que Robert estava de mal humor. Li va fer un petó i ell no va tornar-l'hi. Se'n va anar sense esmorzar i sense dir una paraula. Ella es va quedar molt preocupada. Què li devia passar? No pensava preguntar-li res.

La visita del vell Cabanes va ser l'única cosa que la va distreure. El vell li va preguntar com estaven Anna i Dani. Ella li ho va explicar fent un esforç perquè la veu li sortís natural.

—I el teu cunyat, com passa el temps?

La mirava amb els ulls mig tancats.

—No ho sé. Mai no explica res. Què en pensa, vostè?

—No t'hi amoïnis. Cada casa és un món i cada persona un misteri.

Se'n va anar carregat amb les deixalles. ¿Era possible que amb aquell aire desmanegat i amb aquella cara de fusta ho hagués endevinat tot? Però potser ella ho duia escrit a la cara. Es va quedar dreta al costat de la finestra, mirant-lo, i quan va sentir que tancava el reixat va sortir al jardí. Les gallines estaven ajocades a l'ombra. A dintre del sortidor s'havien obert algunes flors d'aigua. Asseguda a la barana, en va tocar una i després va amagar la cara entre les mans. No gosava mirar el sol com quan era petita perquè deien que només el podien mirar els qui no feien cap pecat.

Tota la nit va esperar-lo. A cada moment li semblava que la porta s'obria, però Robert no hi anava. Ella no hauria sabut dir-li que no hi anés, i ell la deixava. Es devia penedir d'haver estripat aquella carta i d'haver-li dit que es quedaria. Gairebé l'havia obligat a dir-ho... Però la nit abans l'havia estimada com sempre. Es trencava el cap i no ho entenia. I si l'anés a veure ella? Es va aixecar, es va acostar a la porta, va agafar el pom. «No, no hi he d'anar.» Pels finestrons mal tancats ja entraven dues ratlles de claror. Es va tornar a ficar al llit i quan començava a abaltir-se va sentir que el seu germà sortia del bany. El seu germà vivia tan al marge que no s'adonava de res. No veia que ella estava molt trista.

A primera hora de la tarda va començar a ploure molt fort i Robert es va quedar a casa. La pluja aixecava pudor de terra resseca. El cel estava cobert de núvols espessos i els llamps, de tant en tant, els rat-llaven de foc: li agradava mirar-los; mai no li havien fet por. Les tempestes li encomanaven força. Quan parava de ploure sortia a mirar les fulles netes, les soques dels arbres que l'aigua havia ennegrit, les plantes petites, mig ajagudes, que de seguida es revifaven. Aviat va començar a caure pedra i el terra del celobert en va quedar ple. Al damunt de la reixeta que engolia l'aigua hi havia una bóta amb una palmera nana. Aquell celobert era trist els dies de pluja, i a les tardes, quan la claror minvava. Joan una vegada havia parlat d'omplir-lo de plantes verdes, de cobrir les parets amb rajoles i de posar al mig un brollador que ragés de nit i de dia. Era un projecte que havia mort com tants d'altres. Quan era menuda, aquell celobert li feia basarda: li semblava que alguna cosa dolenta hi havia de caure recta des del cel. Aloma mirava botre les pedres damunt de les fulles de la palmera. Tot d'una va sentir un respir a frec de coll. Estava tan distreta que es va espantar. Robert, en mànigues de camisa i espitregat, la mirava:

—No tens por?

Aloma es va quedar entregirada, mirant a terra, i no li va contestar. Després de tantes hores de no parlar-li, només sabia fer-li aquella pregunta?

—He baixat perquè pensava...

—Què pensaves? —li va dir agressiva—; què pensaves?

Va sentir una bravada de suor i de tabac. El va apartar bruscament.

—Vés-te'n! No et vull veure!

—Si poguessis saber...

Gairebé corrent, Aloma va anar fins a la vidriera. Què havia volgut dir amb aquell «si poguessis saber»?

Els núvols reculaven cap a la banda del Guinardó i, a ponent, el cel ja era blau i llis. El sol feia brillar tots els vidres. El desguàs del jardí engolia els últims escorrims de pluja i les lloses dels graons de l'entrada, escatades i grises, semblaven de pissarra. Quatre pardals esbojarrats van començar a barallar-se per entre les fulles de la parra i les gallines anaven sortint de la seva caseta a xipollejar pels bassals. El safareig i el sortidor vessaven.

Va anar a veure si havia entrat aigua a la cuina. La finestra estava tancada. Quan anava a obrir-la va sentir els passos de Robert damunt de la sorra del jardí i el cop del reixat. On devia anar? Si en tot el dia no li havia dit res devia ser perquè estava molt trist, molt preocupat. Però no li hauria costat res de dir-li alguna cosa per fer-se perdonar de no haver-hi anat a la nit i de no haver-li parlat en tot el dia. «És clar, ell és tan gran i jo sóc tan jove!» Va somriure i amb un dit va fer unes quantes ratlles en els vidres. Hauria de rentar-los.

XIII

Amor, no me dexes, que me moriré.

JUAN ÁLVAREZ GATO

Feia poca estona que havia pujat al terrat a estendre llençols i van trucar. Des de la barana va veure que era la senyora Baixeres. Per no fer-la esperar massa va saltar els graons de l'escala de quatre en quatre.

—Et vinc a buscar perquè la nena es casa d'aquí a dos dies i vull que vegis la roba que s'ha fet.

Aloma va pensar que seria molt trist haver de veure coses boniques que ella no podria tenir mai i li va dir que li feia angúnia deixar la casa sola.

—Per un moment, què vols que passi? Tanca bé. Robert no hi és?

—No.

—L'altre dia el vaig veure i em va semblar que feia cara de malalt.

Aloma va anar a buscar la clau i quan van ser al carrer va tancar el reixat. La senyora Baixeres va començar de seguida a parlar-li de la roba. Feia gairebé un parell d'anys que treballaven i això que havien fet molt poques coses. Ja no s'estilaven aquelles calaixeres tan plenes... Però havien incrustat totes les puntes a mà i s'havien passat setmanes senceres brodant. Poc i bo.

La senyora Baixeres vivia bastant a la vora, en un primer pis. El rebedor era molt fosc, però la sala gran, que donava al carrer, estava plena de sol. El mosaic era de color de mel. A cada banda del balcó penjaven unes cortines de cretona blava amb flors vermelles i al tros de paret més ample hi havia un sofà amb dues butaques. Cinc o sis noies voltaven Maria, la promesa: reien perquè ella els ensenyava, estesos i amb els braços enlaire, uns pantalons tan petits que haurien cabut a la mà. Quan va veure Aloma, Maria es va separar de les altres noies i la va agafar per la cintura.

—Ja era hora que vinguessis.

La roba estava plegada i ben posada damunt d'una taula gran. En un racó, darrera de la porta, hi havia una taula més petita amb el vestit de núvia, la corona de tarongina i el vel, flonjo com un núvol. Quan ho van haver mirat tot, Maria va allargar la mà i va separar els dits perquè Aloma veiés l'anell: un brillant petit, voltat de diamants. El promès hi aniria a la nit i es quedaria a sopar.

—A veure si em recordaré de dir-li que no vull el pom de flors que hem encarregat. El vull de roses, sense cap lliri.

«Per què no hem pogut ser mai amigues amb aquesta noia, vivint com vivim tan a la vora», va pensar Aloma. Però Maria sempre anava voltada de nois i era molt arrauxada. A cada moment canviava de promès.

Les altres s'havien assegut i parlaven entre elles.

—I tu, no festeges?

—Jo? No.

—Filla meva, et quedaràs per vestir sants.

La senyora Baixeres, que havia sentit el que deien, se'ls va acostar:

—És el mal de no tenir pares. Quin interès vols que hi tingui la seva cunyada?

—És ella que s'ha d'espavilar. No et sàpiga greu que t'ho digui: no m'ho crec.

—Què és el que no et creus?

—Que no tinguis qui et festegi.

Aloma se la va mirar rient i va callar.

—Tots els homes són una mica babaus —va dir Maria—. Quan el tindré aquí dintre —va afegir, estrenyent el puny— ja el planyo.

La senyora Baixeres va sortir de la sala i el xivarri va començar.

—Us heu fet molts petons? —va preguntar una noia que tenia la cara rodona com una poma.

Maria va fer-li l'ullet:

—Petons rai! Altres coses...

Una noieta prima, amb els ulls molt grossos i negres i les galtes sense color, li va donar una empenta:

—Que n'ets de fresca!

—Ja em veuràs a l'església. Semblaré una santa.

La noia de la cara de poma havia agafat el vestit de núvia:

—Per què no te'l poses?

—Si venia la mare i em veiés hi hauria un daltabaix.

—Vols que li vagi a demanar?

—Aneu-hi unes quantes.

Van sortir tres noies de la sala i van tornar amb la senyora Baixeres.

—Si jo fos de tu no me'l posaria, però fes el que vulguis. Si se t'empastifa, tu ho pagaràs.

Aloma es va adonar de seguida que es moria de ganes que veiessin la seva filla amb aquell vestit de reina.

—Aviseu-me quan el dugui. Tinc el menjar al foc.

Es va acostar a Aloma i li va donar un copet a la galta:

—T'agrada que t'hagi fet venir?

—Sí, senyora. Gràcies.

Entre totes van ajudar Maria a vestir-se. La seda li queia al voltant del cos amb uns plecs profunds.

—Quin escot més just! Sembles decapitada.

Maria es va espolsar els cabells i va riure:

—Arregleu-me els plecs de la faldilla.

Gairebé totes les noies se n'havien anat fins a la porta per mirar-la bé.

—Quina indecència! Se't veu tot a contra llum.

—Et penses que aniré sense combinació?

Es va posar a caminar a poc a poc per la sala. Aloma trobava que semblava una flor. El ventre se li arrodonia sota la seda. I els pits. I els costats esllanguits, d'adolescent.

A la senyora Baixeres, que havia tornat, se li van humitejar els ulls:

—És com si em mirés en un retrat vell.

Al carrer, un vol d'orenetes li va fer aixecar el cap. No aniria al casament. Els havia dit que en aquella hora tenia molta feina; si Anna hagués estat a casa potser sí que hi hauria anat.

—Joan!

El va veure quan ja hi era a tocar. Estava arraconat en un portal i va mirar-la amb els ulls tèrbols com si no la conegués. Tenia la cara i els llavis molt blancs. Aloma, com va poder, li va fer posar un braç damunt de la seva espatlla. Així que van entrar a casa va caure estirat a terra.

Estava tan espantada que no sabia què fer. Agenollada al costat del seu germà li anava passant una mà pel front. El va cridar baixet unes quantes vegades. Hauria d'avisar algú. Però, i si mentre estava sol es moria? Va pujar corrent al bany a buscar l'ampolla de la colònia i quan va passar per davant de la cambra de Robert va obrir la porta. No hi havia ningú que pogués ajudar-la.

Amb l'ampolla de la colònia a la mà va tornar a agenollar-se; tremolava tant que no podia destapar-la. «Joan, Joan...», l'anava cridant baixet. Li va sentir cruixir les dents; un fil de saliva li lliscava per un costat de la boca i la vena del coll semblava que se li volgués rebentar. Li havia posat la mà damunt del cor i no el sentia. «S'està morint.» No tenia res prou fort per a donar-li. El front se li havia anat perlejant de suor i cada vegada estava més blanc. «Hauré d'anar a buscar la senyora Baixeres.» Li va agafar una mà i la va tenir una estona entre les seves. Però havia de fer alguna cosa. Amb les dents, a l'últim, va poder treure el tap de l'ampolla. Xoparia un mocador i li passaria pels polsos, pel coll... Com que no li sabia desfer el nus de la corbata, va anar a buscar unes estisores al cosidor. Quan va tornar a estar al seu costat no va gosar ni obrir-les: tenia por de ferli mal. Si el podia fer aixecar, dur-lo al llit... Mentre dubtava, Joan es va entregirar una mica.

Va endevinar l'ombra de Robert darrera de la vidriera.

—Corre! Joan s'està morint:

—Què passa?

Va veure el seu cunyat a terra i es va ajupir al costat d'Aloma.

—Fa gaire que està així?

—No ho sé. Mitja hora... En el moment d'entrar ha caigut.

Al cap d'una estona d'estar estirat al llit va anar tornant en si. Semblava que vingués d'un altre món. Robert i Aloma el miraven:

—Potser hauríem d'avisar el metge.

Joan, amb els ulls tancats, va fer que no amb el cap i, com si li costés molt d'enraonar, va dir:

—No cal... Ja ha passat.

S'anava fent fosc i per la finestra entrava molta xafogor. Començaven a encendre's els llums dels carrers. Tot d'una Joan els va demanar que el deixessin sol.

—Què deu tenir? —va preguntar Aloma tot baixant l'escala.

—No ho sé. Deu haver tingut un cobriment de cor.

Aloma va preparar una mica de sopar. Ella no tenia gens de gana. Va tornar a dalt per veure si el seu germà necessitava alguna cosa i després va sortir al jardí.

Una rata-pinyada li va passar arran de cara i va anar-se'n per entre els ferros del reixat.

—Matem-la! Que renegui!

Aloma va veure dos noiets que miraven el fanal. El més petit va collir una pedra.

Feia una nit ardent. El grill, perdut per entre l'herba, cantava sense parar. Aloma va travessar el jardí i va pujar al banc. El camp del davant era fosc i la casa abandonada amb prou feines es veia. Si un pogués triar la seva vida... Amb els braços damunt de la paret va estar una estona quieta. Es veien poques estrelles. Si almenys aquell grill parés de cantar! Va pensar en els crisantems i va saltar del banc per mirar-los: els hauria d'apuntalar amb canyes perquè creixien de pressa i, al temps de les pluges i dels morts, si les flors s'arrossegaven per terra s'enfangarien.

Havia anat al jardí pensant que Robert la seguiria. Quan va veure que es quedava, va anar a buscar-lo:

—Per què no véns a fer-me companyia? Fa molta calor aquí dins.

Robert estava assegut davant de la taula amb un llapis als dits.

—Mentre sopaves, Joan m'ha dit que volia dormir i que si necessitava res cridaria. Des del jardí el sentirem millor.

Robert es va aixecar i va apilar els papers que tenia escampats. Al peu de la vidriera, sota l'enreixat de fusta del llessamí, es va aturar:

—Aloma, aquests tres últims dies que ens hem vist tan poc...

—No parlem de res ara. —Li va passar una mà per la galta—: Ja ens vagarà.

Van anar fins al banc. Robert es va asseure i Aloma es va quedar dreta.

—Aquesta tarda t'he necessitat molt.

Li van venir unes ganes boges de preguntar-li on anava a les tardes. Se li havia acostat tant que tenia les cames entre les d'ell. Robert la va agafar per la cintura.

—Deixa'm. Més val que em diguis que m'estimes.

Tenia els nervis tibants: aquella estona a casa de la senyora Baixeres, l'angúnia pel que li estava passant al seu germà, l'havien desfeta. Se li va asseure als genolls i es va posar a plorar.

—Per què plores?

Va besar-lo amb una mena de desesperació. Robert la va abraçar molt fort:

—Tinc por d'estimar-te, Aloma.

Després d'aquella nit va ser com una bogeria. Mai no hauria imaginat que algú pogués estimar-la tant. Sentia que Robert la desitjava tothora: hauria passat hores abraçant-la, besant-la, acariciant-la sota la roba prima; com si la vida se'ls hagués d'acabar aviat. Joan tornava a treballar: ni se'n recordaven.

Què se li'n donava que Maria ja fos casada si ella tenia un home que l'estimava per damunt de tot? Quan Robert sortia, l'esperava impacient, entrant i sortint del jardí. Així que el veia, obria el reixat i el besava com si l'ànima li fugís pels llavis. La sang li lliscava neta per les venes, li posava color a les galtes i li omplia els ulls de vida. Dormia sense somnis, morta de tanta felicitat.

—Has estimat algú tant com a mi?

—No.

Aquell deliri semblava que no s'hagués d'acabar mai. Però un matí Aloma va rebre un telegrama: Anna deia que tornava i que el nen estava malalt.

XIV

—Digues, foll, has diners?—. Respòs: —He amat—.
—Has viles, ni castells, ni ciutats, comdats ni ducats?—.
Respòs: —He amors, pensaments, plors, desirers, treballs,
languiments, qui són mellors que emperis ni regnats.

LLULL, *Llibre d'Amic e Amat*

L'arribada d'Anna i Dani la va canviar. Dani va tornar-la als seus dies més purs. No gosava tocar-lo com si fos ella que li hagués d'encomanar mals. Quan estava amb Robert se sentia culpable de no sabia què.

Dani semblava un espectre: els braços se li havien tornat dues canyetes, la boca se li havia fet més grossa, els ulls se li menjaven la cara. Despullat feia pena de veure'l, amb tots els ossos marcats a sota de la pell.

—Però què li ha passat a aquesta criatura? —va dir Aloma quan el va veure.

Anna es va posar a plorar:

—Esperava...; he esperat tant com he pogut. Pensava que acabaria posant-se bé, i ja ho veus.

El metge va començar a donar-li injeccions de seguida. Dani, així que el veia arrencava a xisclar i a plorar fins que es quedava mig mort de cansament.

Una nit que Robert va anar a trobar-la, Aloma li va demanar que no es quedés. Dani havia estat molt malament tota la tarda, però Robert no li va fer cas.

Un moment, entre els seus braços, es va sentir tan ofegada que si hagués pogut l'hauria matat. Tenia els xiscles del nen ficats al cervell i a estones pensava que es tornaria boja. Dani s'anava acabant. El metge ja no trobava carn on punxar.

Un matí que li havia anat a fer companyia, li va preguntar amb una veu prima:

—Aloma, què fan els àngels?

Tenia els ulls mig tancats. De moment, no va saber què respondre-li.

—Es disfressen d'estrella.

—Que bonic! Què és morir-se?

—Tornar-se estrella.

—Ho saps que vaig anar a la muntanya? Per què no venies?

Ja no va dir res més i a la nit es va morir.

El van ficar en una caixa petita i blanca. Abans que se l'enduguessin les veïnes van anar-lo a veure: es senyaven, sortien de puntetes i entraven al menjador a consolar Anna. El cotxe duia una corona de flors penjada a la creu i damunt de la caixa hi havia un pom de clavells lligat amb una cinta. Van quedar gotes de cera per terra.

La casa cada dia era més trista: només estaven junts a les hores de menjar i gairebé no es deien res. A les tardes, Aloma voltava desesmada d'una banda a l'altra. Per què havia hagut de sofrir tant per morir-se? No podia plorar; era com si la pena li hagués assecat les llàgrimes.

Per a Robert les nits van ser aviat com abans, i no hauria pogut entendre que alguna cosa havia canviat. Aloma no es trobava bé, i era horrible no saber negar-se. De tant en tant, colgada de petons que no tornava, recordava que no feia gaire temps havia viscut envescada en un pou de passió.

Al cap de quinze dies d'haver enterrat el nen, Anna li va dir que Robert havia rebut una altra carta: un sobre blau i descolorit que semblava vell. Va estar neguitosa uns quants dies, però no sabia què fer i no va gosar parlar-ne.

—No, Anna, no! No has de fer aquestes coses. Què en treus de turmentar-te?

Anna tenia a la falda la robeta de quan Dani havia nascut. Aloma la hi va prendre i la va anar a desar. Anna ja ho havia fet altres vegades: agafava roba petita, se la posava a la falda i estava quieta, hores i hores, amb la mirada buida.

El vell Cabanes es quedava alguns dies a fer-los companyia; parlava en veu baixa com si el nen encara estigués malalt. Aloma li agraïa les estones que passava amb elles perquè distreia Anna dels records dolents. Les tardes eren més curtes i els capvespres no s'acabaven mai. El til·ler, que a primeries d'agost ja s'havia començat a esgrogueir, es desfullava; les poncelles del roser que feia dues florides l'any tenien el voltant de les fulles recremat i a penes podien obrir-se. Tothom deia que l'hivern no trigaria perquè l'estiu havia estat molt avançat.

Un matí que havia entrat a fer el llit de Robert, Aloma va veure un sobre blau damunt de la taula.

Devia ser la carta de què Anna li havia parlat. Robert es va adonar que la mirava:

—Ja fa temps que me n'hauria d'haver anat. És per tu que em vaig quedant.

Els diumenges eren tristos. Ni Robert ni Aloma no havien explicat a Anna el que havia passat a Joan. Ell tampoc no li'n devia haver dit res, perquè Anna n'hauria parlat. Aloma hi pensava molt i quan estava distret no li treia els ulls de sobre. Un d'aquells diumenges, Joan, en havent dinat, va anar a dalt a vestir-se. Anna s'havia ficat a la cuina i Aloma estava darrera de la vidriera mirant el jardí:

—Aloma —va cridar Joan des de dalt—. Saps on tinc el botó del coll de la camisa?

Aloma es va acostar al peu de l'escala:

—Abans de dinar estava damunt de la calaixera. Deu haver caigut.

—No el trobo. Puja.

Va pujar l'escala corrent. El seu germà l'esperava al passadís.

—Això del botó t'ho he dit perquè pugessis. Fa dies que et vull dir una cosa.

Li va semblar que Joan s'esforçava perquè la veu li sortís natural.

—Em vols dir una cosa?

S'havia tornat vermella. «Em parlarà de Robert; un dia o altre se n'havien d'adonar.»

—Podríem buscar una excusa i sortir junts. Diré que tens ganes d'anar a passejar..., el que et sembli. T'he de parlar a soles.

—I ha de ser avui?

—Com més aviat millor. Ja he esperat massa.

Aloma va anar a vestir-se. No estava gens tranquil·la. Es va donar quatre cops de pinta i va anar a trobar el seu germà. Van entrar junts al menjador. Robert estava llegint un llibre.

—M'enduc Aloma. Diu que té ganes de sortir. No trigarem.

Robert va alçar els ulls, els va mirar sense gens de curiositat i va continuar llegint. Anna els va dir que no li fessin passar ànsia, que no tornessin massa tard.

Van començar a caminar per la banda del sol. Joan no badava boca i Aloma estava recelosa. Es veien noies endiumenjades, colles que havien sortit per aprofitar els darrers bons dies. «Com ens han separat els anys!», va pensar Aloma. Potser per culpa d'aquella claror blanca i rosa, potser perquè havien sortit a passejar junts, es va recordar de quan era petita i ell la duia a coll. Amb Daniel la feien volar: l'agafaven tots dos dels bracets, l'alçaven una mica de terra i es posaven a córrer cridant, «vola, vola, vola!». Es va tornar a veure a la vora del galliner, mentre ells li anaven omplint el davantalet amb raïms de la parra. Se'ls menjaven fent esclatar cada gra entre les dents, «clec!». A ella tot el suc li relliscava pels costats de la boca i ells cridaven, fins que la feien enrabiar: «Morros bruts, morros bruts!» A les nits d'estiu alçaven les tapes dels forats de l'aigua i hi ficaven diaris encesos per socarrimar els escarabats que s'hi amuntegaven.

Una mica d'aire gronxava les fulles de les palmeres de la Diagonal.

—Aloma...

Els autos passaven aixecant una mica de pols. Joan va aturar-se:

—Ens n'haurem d'anar de casa.

Van tornar a caminar. Aloma va pensar que no havia entès bé el que el seu germà li acabava de dir. Però hi havia tota aquella gent al voltant i no va gosar preguntar-li res. El renou del carrer la va distreure un moment. Va guaitar el seu germà, tenia un color terrós, els llavis esblaimats i un aire d'home acabat que feia pena. Li va agafar una mà i la hi va estrènyer. Ell li va somriure amb tristesa:

—Saps?... Vaig fer posar diners damunt de la casa.

De tant en tant els vidres dels aparadors els reflectien i els convertien en ombres. Aloma sentia que el seu destí s'anava enfosquint. Les dues rengleres de cases, a banda i banda, eren com les seves vides: iguals i separades.

—Potser hauria estat millor vendre-la... Però si l'hagués venuda ja no hi hauria cap esperança: em va semblar que podria sortir-me de tot.

—És això el que m'havies de dir?

—Hem de parlar molt i no sé si sabré fer-me comprendre. He de començar pel començament. Ja ets una dona i tens prou seny perquè t'ho pugui explicar tot.

Van passar davant d'un cinema amb la façana coberta de cartells. Un timbre sonava sense parar. Aloma hauria volgut saber fins on anirien: les cases eren més baixes, pobres, i els carrers ja eren carrers de suburbi. Uns quants coloms que batien l'aire de pressa van fer tres o quatre cercles i van desaparèixer darrera dels terrats. En el moment que anaven a travessar el carrer un autobús se'ls va aturar davant i es van quedar plantats a la vorera. Aloma va veure un pal de ferro amb un disc al capdamunt que deia: «Silenci.» Joan es va adonar que el mirava i li va dir que estaven a la vora d'un hospital: era un gran edifici ple de finestres un parell de cantonades més enllà. Li va semblar que tot s'omplia de rodones blanques que voltaven i s'anaven acostant. L'autobús va arrencar. Una dona vella, baixeta i grossa, havia sortit d'una casa amb un test i es va posar a regar-lo.

—Estic cansada i no puc caminar més —va dir Aloma.

Una mica més avall van trobar un cafè: a fora hi havia quatre taules i quatre bótes amb arbrissons mig secs i, al damunt fent ombra, una vela apedaçada. A dins, uns quants homes jugaven a cartes al voltant d'una taula i, de tant en tant, discutien amb uns grans crits.

Es van asseure a la vora de la finestra. Joan va posar les mans damunt del marbre i es va tirar endavant. Anava a dir alguna cosa però el mosso es va acostar i va preguntar què volien. Van demanar dos cafès. Joan es va passar la mà pels cabells unes quantes vegades, va mirar Aloma i a l'últim es va posar a enraonar amb una veu una mica cansada:

—Del que ha passat, només en tinc la culpa jo. I, una mica, la teva joventut: ha estat com si no existissis. No sé com explicar-me: ens coneixem poc, vivim... Si el nostre pare no s'hagués mort, jo no hauria pogut fer el que he fet i no pots imaginar-te el greu que em sap. La meva vida és molt grisa. ¿No has tingut ganes de desempallegar-te de tot? No sé si em pots entendre... Sóc un home amb molt poc sentit del deure i m'he vist obligat a tenir el sentit del deure. Em vaig trobar massa d'hora amb una responsabilitat: preocupar-me de tu, que encara eres una nena, i una mica de Daniel, que no sabia fer res. Els llibres ratllats van ser la meva literatura. I tot per un sou migrat. De mica en mica em vaig anar adonant que era com una criatura que mira els pastissos darrera d'un vidre; sap que no els podrà agafar, però s'hi fon. I la meva vida ha estat això: delir-me per tot i haver de passar de llarg.

Va callar una estona. Aloma l'havia escoltat amb el cor encongit: no sabia on aniria a parar i tot allò li feia una gran angúnia. El mosso els va deixar al davant dues copes plenes de cafè. Aloma va agafar la seva i en va beure un glop.

—De vegades fa molt de temps que coneixes una persona i amb prou feines te n'adones. No sé com dir-ho: la mires com si fos un estrany. Però un dia, sense saber com, aquesta persona s'ha ficat a la teva vida. A Anna l'havia estimada molt, ja ho saps. Teníem un fill i mai no he cregut que es pogués jugar amb aquestes coses. Anna és la bondat, sí..., com el plat de sopa que cada dia et posen a taula.

Aloma va tancar els ulls.

—Et molesta aquesta comparació?

Aloma tenia ganes de dir alguna cosa, però no se li acudia res. Joan va afegir:

—No ens hem d'enganyar: d'Anna no n'he estat mai enamorat. Era, només, la mena de dona que jo podia portar a casa. Però l'amor existeix; ho donaries tot, t'ho jugaries tot, perquè quan l'has tastat t'adones que és una de les poques coses que fan acceptar la vida... No sé per què enraono tant ni per què dono tantes voltes. La veritat és que un dia em vaig enamorar de Coral com si tingués divuit anys. Després d'haver-me capgirat la vida, m'ha deixat com si no fos ningú.

Aloma, per la finestra, va veure que a la casa del davant una noia obria el balcó i s'acostava a la barana amb una mà davant dels ulls.

—Coral ha estat el meu gran amor; suposo que, vist des de fora, deu fer riure... Dels diners de la casa en van sortir, és clar, els remeis de Dani, les coses que van fer falta per poder anar a fora, tot el que va venir després... Abans, n'havia sortit un anell amb un brillant i el que es necessita per a mantenir una casa durant bastant de temps. Si no vaig fer una animalada amb els diners del banc és perquè va sortir un noi ric, amb auto, i bona nit Coral...

Es veia que havia fet un gran esforç i estava aclaparat.

—Què farem? La hipoteca venç aviat. He remogut cel i terra per trobar els diners i ha estat inútil. Totes les coses que tenia pensades m'han sortit malament. Aquella tarda que vaig arribar a casa malalt com un gos m'havia fallat la darrera. He viscut massa temps com si fos un altre home, i tornar-me a trobar tal com sóc és espantós. I no sé què fer.

—És que es pot fer alguna cosa? —va preguntar Aloma amb una veu que a penes es sentia.

Joan va estar una estona sense dir res:

—Jo, no. Ja he fet tot el que es podia fer. Tu, potser sí. No deu ser tan difícil com sembla. Estic segur que Robert ens pot ajudar.

—Oh, no! No podria demanar un cèntim a Robert encara que fos per salvar-me de la mort.

—Per què no? Li podries explicar el que ens passa... Li podries dir que li tornarem tot el que ens deixi; de mica en mica. Saps què és quedar-nos sense casa per culpa d'un grapat de pessetes?

Aquell canvi de to del seu germà va revoltar-la. Joan no li va donar temps de dir ni una paraula:

—Coral encara té l'anell. Si anessis a veure-la... Li podries explicar la nostra situació. La casa també és teva. Fes el que puguis perquè el torni. Al capdavall ja té qui n'hi comprarà de més cars.

Aloma es va acabar el cafè d'un glop:

—Tot això s'ha de fer per salvar la casa?

XV

Res no hi havia en ella de tan profundament arrelat que hom no pogués arrencar gairebé fàcilment.

ALDOUS HUXLEY, *Dues o tres gràcies*

Va mirar la casa de Coral des de l'altra banda del carrer: els balcons amb una bola daurada a cada punta, els transparents, tan blancs. Així que va haver passat el portal li van venir ganes d'entornar-se'n. Li havia costat molt de decidir-se, però no vivia tranquil·la pensant en aquella tarda que el seu germà havia arribat a casa tan malalt. Els llums en forma de flor clavats a les parets del vestíbul, la catifa vermella i flonja que s'enfilava escales amunt, la cohibien. Tenia la sensació que el que anava a demanar era absurd.

Li va fer angúnia d'agafar l'ascensor. «Aquesta escala —va pensar—, Joan la deu saber de memòria.» Es va arraconar per deixar passar una senyora alta, molt mudada, que baixava a poc a poc i enraonava sola. En el replà del principal es va aturar. El cor amb prou feines li batia. Algú pujava al seu darrera. Va mirar per entre els ferros de la barana i no va veure ningú. Quan va arribar al primer pis no va saber a quina porta havia de trucar. Va triar la segona. El timbre va sonar molt lluny i Aloma va pensar que quan tindria Coral al davant no sabria què dir-li.

Es va adonar que algú se li havia aturat al costat. Va mirar-lo de cua d'ull: era un jove. De dins del pis no venia la més petita remor. Aquella presència més aviat la molestava, i començava a anguniejar-la. Va tornar a trucar. Era segur que aquell jove també anava a veure Coral, i això ho complicava tot. Coral no estaria per ella; perdia el temps. Sense pensar-s'hi es va girar per anar-se'n.

—Si vol entrar...

La mirava somrient:

—Em penso que no hi ha ningú.

En veure la cara de sorpresa d'Aloma es va posar a riure.

—Em dec haver equivocat de porta.

—M'agradaria que no s'hagués equivocat.

—Busco el pis d'una coneguda meva que es diu Coral.

—No, no s'ha equivocat. Viu aquí. L'esperarem junts; què li sembla?

Es va treure una clau de la butxaca, la va ficar al pany i va obrir.

—Entri.

El llum del rebedor era tan fort que, després de la mitja claror de l'escala li va ferir la vista. El cap li rodava una mica. Va estrènyer les dents i a recules es va acostar a la paret i s'hi va apuntalar amb les mans. L'aire estava carregat de perfum. El jove es va treure l'abric i el barret, i els va penjar com si fos la cosa més natural del món d'entrar en un pis amb una noia que no coneixia. Se li va plantar al davant i la va mirar de cap a peus:

—Em sembla que tinc l'obligació de presentarme: em dic Joaquim.

La mirada se li havia fet tendra i Aloma, encara recolzada a la paret, començava d'esverar-se. Però aquell minyó feia cara de bona persona.

—M'ha passat una cosa molt curiosa: així que l'he vista entrar, no sé per què, m'ha fet pensar en Margarida... Sap qui vull dir? «Dóna'm la mà perquè em convenci que no ets un somni.» —I canviant el to de la veu va afegir—: Com que Coral no pot trigar, li ensenyaré el pis, des d'ara a casa seva... si és que no li faig por... Vostè al davant.

Aloma es va posar a caminar pel passadís, es va aturar un moment davant d'una finestra que donava a un celobert i va entrar al menjador, ple de sol. A terra hi havia una catifa morada de dos dits de gruix; a l'ampit del finestral, una colla de testos ben arrenglerats amb flors també morades. El llum de cristall semblava una pinya. El minyó va passar la mà per damunt de les flors. Després es va girar i va preguntar a Aloma:

—De qui porta dol?

Aloma s'havia quedat al costat de la taula. La pregunta la va sorprendre, però va dir en veu baixa:

—D'un nen.

—Seu?

—No.

—L'estimava molt?... Oh, perdó! I vostè, com es diu?

—Aloma.

—No pot ser.

—Per què no?

Va estar una estona mirant-la i a l'últim va dir:

—Li agraden les flors?

—Sí —va contestar Aloma una mica per força.

—Sí, què?

—Que m'agraden les flors.

—Totes?

—Totes.

—Si em diu on viu, demà n'hi faré portar.

Es va sentir un cop de porta i van callar una estona. Devia ser al pis de dalt. El minyó va obrir els calaixos del trinxant i els va tornar a tancar:

—M'he deixat el tabac i tinc ganes de fumar. ¿Anem a veure si en trobem?

Se'n va anar del menjador i Aloma, per no quedar-se sola, el va seguir. Havia entrat en una habitació petita: en una paret hi havia uns quants prestatges amb llibres i al mig, una taula amb una màquina d'escriure al damunt. El minyó va obrir el calaix de la taula:

—Tampoc. Potser a l'armari del bany...

La banyera estava a punt de vessar i la dutxa degotava. El minyó va dir tot tancant l'aixeta:

—Coral és tan distreta que qualsevol dia hi haurà una inundació.

Va obrir l'armari i va passar les mans per sota les piles de la roba. Va destapar una capsa:

—Res.

Aloma mirava el bany: semblava acabat de fer. Van entrar al dormitori; era blanc i blau, ple d'una claror dolça. En un tamboret hi havia una sabata i, a terra, al costat del llit, l'altra. Asseguda en una butaca, una nina negra amb una faldilla de ràfia, semblava que els mirés. Damunt del tocador, vora d'una ampolleta de perfum, Aloma va veure l'anell amb el brillant. El minyó havia obert un calaix:

—Ja era hora; però no són dels que m'agraden.

Es va posar un cigarret a la boca i va ser just a temps d'agafar Aloma, que semblava que anés a caure. La va fer estirar al llit.

—Vinc de seguida. No s'espanti.

Va tornar amb una ampolla de conyac i una copa. Aloma s'havia incorporat i ell li va acostar la copa plena als llavis. De seguida li va pujar el color a les galtes; ell va agafar-li les mans i les hi va començar a fregar.

—Té les mans gelades.

Aloma el va mirar.

—Tanqui els ulls de pressa.

Abans de tancar-los va provar de somriure però no va poder. Va estar una estona molt quieta sense pensar res. El pols li tornava a batre. Tenia ganes d'aixecar-se.

—No es mogui. Reposi una estona.

Aloma va mirar el tocador. El brillant lluïa amb reflexos blaus i vermells. «Seria tan fàcil...» Només de pensar que podia agafar-lo el cor se li va estrènyer:

—Hauré d'anar-me'n. —Li havia sortit una veu tan prima que va pensar: «Sembla la veu de Dani el dia que va morir-se.»

—I desmaiar-se al mig del carrer?

—Coral triga molt i jo ja voldria ser a casa.

—Per què? —no li havia deixat anar les mans—. Es troba més bé?

Aloma va fer que sí amb el cap. Ell la mirava com si li fes pena, li va passar la mà pel front i li va estirar els cabells enrera. Després se li va mig girar d'esquena i es va estrènyer el nus de la corbata. Aloma va pensar que estava nerviós. Per no cohibir-lo més es va aixecar i va anar fins al tocador. Amb el dit va fer gronxar l'anell. En el mirall va veure que estava dret darrera d'ella amb el cigarret apagat a la boca.

—És de debò que es troba més bé?

—Sí.

—Sense enganyar?

Aloma va girar-se i mirant-lo de dret va dir-li:

—Enganyant.

Es van posar a riure i gairebé alhora es van adonar que Coral estava dreta a la porta. No l'havien sentida entrar. Com si no els hagués vist es va treure els guants i els va tirar damunt del llit amb el portamonedes. Van apartar-se. Ajupida davant del mirall per veure's més bé, Coral es va passar una pinta petita pels cabells. Quan va haver acabat, es va resseguir amb un dit les celles, primes com un fil. Ell va dir en veu baixa:

—*Caterina se'n pentina,*
tin.

Coral va cridar, furiosa:

—Calla!

Ell estava prop de la butaca i va agafar la nina. Semblava que no l'hagués sentida. Tot d'una, va girar-se-li de cara i va dir mig rient:

—... *i vós tostemps preneu plaer*
de maltractar-me...

Coral, sense fer-li cas, es va acostar una mica a Aloma, que estava blanca com un llençol:

—I tu, em podries explicar què fas a casa meva?

—Jo no li contestaria —va dir ell, tot anant-se'n.

—És boig!

Coral va tancar la porta, que havia quedat oberta de bat a bat, i, com si estigués sola, es va començar a despullar tirant la roba per terra. De dintre de l'armari va agafar una bata blanca i vaporosa. Es va asseure al llit, amb un cop de peu es va treure les sabates, i es va fer lliscar les mitges avall a poc a poc. Descalça, es va acostar a la butaca on hi havia hagut la nina, i s'hi va deixar caure:

—Què vols?

Aloma va mirar-li els peus: eren molt blancs, amb la pell que semblava de seda i amb els talons rosats. Com si no haguessin caminat mai. Fent un gran esforç, i amb por que les paraules no li sortissin de la boca, va dir tot assenyalant el tocador:

—He vingut a buscar aquell anell.

Coral es va aixecar d'un bot com si l'haguessin punxada, va agafar l'anell i després de posar-se'l va fer moure els dits perquè brillés:

—No t'ho pensis, nena.

Va treure un cigarret del paquet que havia quedat damunt de la tauleta de nit i va mirar Aloma amb ràbia:

—Seu.

Aloma no es va moure.

—Digues al teu germà que s'equivoca de mig a

mig. Per fer-te fer aquest paper s'ha de ser molt bandarra o un perfecte infeliç.

—No he vingut per ell. He vingut per tots.

Ja no va saber dir res més. No pensava en la casa ni en el seu germà; aquells insults l'havien sublevada.

Coral la mirava com si volgués endevinar-li els pensaments:

—Fa molts anys que ens coneixem i suposo que no t'he d'explicar com és el teu germà. Mai no li he anat al darrera. Si et penses que m'agradava gaire fer comèdia davant de la teva cunyada... Però el teu germà em va marejar tant que a l'últim va sortir amb la seva. Després ho aguantava tot: que el tractés malament, que l'enganyés. Li vaig dir que no el volia tornar a veure i encara venia a trucar. Jo no l'he estimat mai.

Aloma va contenir-se:

—Mira, he vingut a buscar l'anell; no he vingut a escoltar històries.

—D'això en dius històries? Un senyor et regala un anell per poder-se ficar al llit amb tu i quan ja s'hi ha ficat t'envia la seva germaneta perquè l'hi tornis. Sóc burra, però no tant.

Va encendre un altre cigarret amb molta calma. L'habitació s'havia anat omplint de fum. Coral es va aixecar, va fer córrer la cortina i va entreobrir el balcó:

—Suposo que ja ens ho hem dit tot.

Aloma estava desesperada:

—No he vingut a barallar-me amb tu. Joan m'ha demanat que vingués. Saps que tot el que tenim és la casa, que per culpa teva la perdrem. Joan és tan desgraciat que si el veiessis et faria llàstima. T'ha estimat molt. Haurem d'anar-nos-en de casa; era dels meus pares.

Coral s'havia quedat al costat del balcó:

—Ets igual que el teu germà. Quan us sentiu perduts us ajupiu. Què vols que et digui? No em faràs creure que l'anell pot tapar tots els forats. Un dia ja me'l va demanar. No t'ho ha dit? Deu estar convençut que em faràs pena amb la teva innocència. I d'innocent em penso que no ho ets tant com ell es creu. Estic segura que Robert me'n podria explicar alguna cosa.

Aloma hauria plorat. Coral la mirava amb els ulls plens de malícia: s'havia tret l'anell i el feia saltar damunt de la mà oberta:

—Si ja has dit tot el que em volies dir, més val que te'n vagis.

Aloma va esclatar:

—No t'ho he dit tot.

Se li va acostar i li va prendre l'anell d'una revolada. Corrent se'n va anar cap al passadís. La finestra estava tancada i va provar d'obrir-la. Coral l'havia aconseguida i la va agafar per les espatlles. Aloma se'n va desempallegar d'una empenta. Va alçar la lleba i va tirar l'anell daltabaix del celobert:

—Ara, vés a buscar-lo.

Coral la mirava esbalaïda, quieta com un mort.

En el rebedor, damunt del paraigüer, hi havia la nina negra. Aloma va baixar de pressa; encegada, va topar amb la portera que estava fregant l'entrada.

El carrer era fresc. El cel li va semblar més alt. Una mica enllà hi havia el jardí d'un palau i el vent gemegava per entre les fulles dels arbres. Es va tocar les galtes: semblava que hi tingués foc.

Va sentir l'amic de Coral al seu costat:

—*Bella, mirant no teniu par...*

—I què més? —li va preguntar, calmada tot d'una.

—*... pensí d'amar-vos...*

Caminaven a poc a poc, l'un al costat de l'altre. Van arribar al peu d'un fanal; a la vora hi havia un cotxe petit. L'amic de Coral va aturar-se i li va agafar un braç:

—L'he esperada per acompanyar-la.

Aloma es va apartar:

—I Coral l'espera a vostè.

—No sé què donaria perquè m'esperés una noia tan trista que fa venir ganes d'estimar-la.

Va abaixar el cap avergonyida:

—És molt tard i he d'anar-me'n.

No sabia què fer i ell no es movia:

—Està promesa?

—Sí.

—Ja m'ho podia haver pensat. ¿No li podré dir cap més vers? Un parell i prou, per a no cansar-la: M'agradaria que es recordés de mi.

Es va decantar i, mirant-li els ulls, va dir molt baixet i rient una mica:

—*Cada noia té promès*
i duu violetes...

Aloma li va donar la mà i ell la va tenir una estona dintre de la seva:

—Això de les violetes és un dir. Adéu, Aloma.

Va entrar al cotxe, va tancar la portella amb un cop sec i el vidre va brillar.

XVI

> *Veus allí una joveneta pàl·lida que està separada de tots els altres? Mira com se'n va lentament. Sembla que camini amb els peus junts. No és veritat que s'assembla molt a Margarida?*
>
> GOETHE, *Faust* (1a part, escena XII)

Joan l'esperava i, gairebé sense deixar-la respirar, se la va endur al capdavall del jardí:

—Què ha passat?

Aloma hauria volgut estar sola una estona i oblidar tot el que Coral li havia dit. Però el seu germà tenia els ulls plens d'impaciència. ¿No comprenia que si hagués tornat amb l'anell no li hauria hagut de preguntar res?

—Hem acabat de seguida i ha estat perdre el temps.

Anna, que els havia vist al jardí, va cridar-los perquè anessin a sopar; es van posar a caminar cap a la casa.

—No m'havia fet gaires il·lusions, no et pensis. Coral és molt dura. En fi, queda el nostre cunyat —va dir Joan.

Aloma amb prou feines va sentir-lo.

A la nit estava tan nerviosa que no va poder dir res a Robert. Quan es va quedar sola va baixar l'escala de puntetes i va sortir al jardí. A la banda de mar ja clarejava. Es va asseure a la barana del sortidor i va mirar la casa, que semblava una ombra, com si no l'hagués de veure mai més. De tant en tant queia una fulla seca damunt de les plantes d'aigua. Un ocell va fer un crit a dins d'un arbre. Li hauria agradat esperar que es fes de dia, però li va agafar fred i se'n va anar cap a dalt.

A mig matí, mentre l'ajudava a fer el dinar, Anna va dir-li:

—En què dimoni penses? T'he demanat el cassó petit.

Aloma s'havia quedat plantada davant de l'armari obert, sense saber què havia anat a buscar. No es podia treure del cap l'anell que es gronxava al costat de l'ampolla de perfum, ni el sol damunt d'aquelles flors morades. Va agafar el cassó i el va donar a Anna.

Al cap d'una estona van sentir entrar el vell Cabanes. Anna va abaixar el gas i va anar al menjador amb Aloma. El vell s'havia assegut i carregava la pipa:

—Sembla que estiguis malalta, Aloma. Cada dia t'aprimes més.

—Ho deu fer el vestit negre.

Aloma va agafar el cabàs i va anar a omplir-lo. Quan va tornar al menjador el vell deia:

—M'he barallat amb el noi gran i em penso que me n'hauré d'anar de casa. Si trobés la manera, tornaria a Amèrica. Sabeu quan se n'anirà Robert?

Aloma li anava a contestar malament, però el va veure tan aixafat que no va gosar dir-li res. «Tinc els nervis de punta; aquest pobre home no té gens de ganes de riure's de mi.»

Abans de parlar a Robert dels diners va haver de deixar passar uns quants dies. Es va decidir una tarda que Anna havia sortit. Estaven al menjador.

—No sé per on començar...

Li va explicar tots els disbarats que Joan havia fet. De seguida es va adonar que amb prou feines l'escoltava, que era com si parlés a una pedra, i que tant li feia tot el que els pogués passar.

—Els diners te'ls tornarem de mica en mica. Tots. Ens ho traurem de la boca.

Robert es va posar a riure:

—Vols que et digui una cosa, Aloma? Tots faríem el brètol si sabéssim que un parent ens havia de salvar.

El va mirar esbalaïda. Ho esperava tot, menys allò. Robert se li va acostar:

—El teu germà sap que no tinc diners. No fa gaires dies que li ho vaig dir. Si tingués el que ell necessita qui sap on fóra.

Aloma va veure de seguida que Robert es penedia del que acabava de dir. Ja el coneixia una mica. Les últimes paraules no les havia dites perquè estigués de malhumor: li havien sortit de dintre sense voler.

A poc a poc es va anar acostant a la porta. Abans d'anar-se'n, va dir:

—No t'amoïnis; ja ens arreglarem.

Al passadís, gairebé va topar amb Anna, que acabava d'entrar. Es van quedar un moment mirant-se.

—Li has parlat dels diners?

—Dels diners?

Va obrir els ulls, sorpresa. Què sabia Anna? Per

no haver-li de contestar, va anar cap al jardí. Anna va seguir-la.

—T'ha dit que ens els deixaria?

—No.

—No t'ha dit res?

—Sí. M'ha dit que no ens els podia deixar.

Anna es va posar a plorar baixet i Aloma no va trobar cap paraula per consolar-la.

—Haurem d'anar-nos-en de casa, Aloma. Saps què vol dir, això?

—Ho sé més bé que tu.

L'havien feta servir de ninot. El seu germà ja havia demanat a Coral que li tornés l'anell, havia parlat dels diners amb Robert, i sabia que tot era inútil. Per què l'havia obligada a insistir? Recordava aquell diumenge que se l'havia enduta i que li ho havia explicat tot. L'única cosa que devia voler era fer-li una mica de por; obligar-la a ajudar-lo, com si la culpa fos d'ella. Es sentia voltada de mentides, de persones que només se li acostaven perquè els feia falta.

Quan el seu germà va preguntar-li com havia anat la conversa amb Robert, li va contestar amb una veu seca:

—No pot fer res.

Es va girar per anar-se'n. Tot caminant, i sense tombar el cap, va afegir:

—No t'hauria costat res de dir-me que Anna ja ho sabia tot.

No va parar en tota la tarda. Necessitava cansarse. Enfilada en una escala anava ficant per entre les fustes de l'enreixat els brots del llessamí que penjaven. Va arrencar les fulles velles de les violetes, es va acostar a mirar els crisantems: ja s'havien obert els primers. A l'últim, va netejar el sortidor. Quan estava a punt d'acabar es va aixecar el vent. El cel tenia un blau desmaiat. A l'altra banda del camp, el gos del vell Cabanes, com si el matessin, es va posar a udolar.

A l'hora de sopar va dir que estava molt cansada i que no tenia gens de gana. No volia veure el seu germà, ni la seva cunyada, ni Robert. Es va estirar al llit de cara al sostre. Quan començava a adormir-se es va desvetllar amb un sobresalt. Li va semblar que sentia els passos de Robert. «Que no vingui aquesta nit; que no vingui, que em fa fàstic.» Li diria que se n'anés. «Que no vingui.» Cada vegada que obria els ulls veia l'ombra de Robert. Es va tapar les orelles perquè si hagués sentit que la porta s'obria hauria xisclat. No, no hi aniria; potser la detestava. Devia pensar que eren interessats, que ella s'havia deixat estimar perquè devia saber que el necessitarien.

Per què havia de viure tan desesperada? La porta es va obrir i el cor se li va posar a batre de pressa. Robert va destapar el llit. Si la tocava, no es podria aguantar les ganes de cridar. I si cridava, hi anirien Anna i Joan i li dirien que era una perduda. Robert es va estirar al seu costat i ella va apartar-se.

—Vés-te'n! —li va dir baixet. Robert la va abraçar tan fort que va fer-li mal. «Quin fàstic, l'amor.» Hauria volgut que l'endemà l'haguessin trobada morta al mig del carrer. Li va venir mareig. Cada vegada es sentia més presonera, més dominada. *Si tingués el que necessiteu, qui sap on fóra*... Mig boja de desesperació, li va mossegar els llavis.

Robert va saltar del llit, va encendre el llum i, groc de ràbia, li va dir:

—Bèstia!

Aloma el va veure que sortia amb la mà damunt dels llavis bruts de sang.

XVII

Però l'home sap desvirtuar-ho tot, i té raó Rousseau en dir que tot el que és obra de l'home no val res. Generalment en l'home no hi ha res complet. Està condemnat a la contradicció.

KALLINIKOV, *La tragèdia sexual de Lleó Tolstoi*

Ja havien trobat pis: era en un carrer estret i a la banda on les galeries no tenien sol; hauria tocat als balcons si les cases del davant no haguessin estat tan altes. A la vora hi havia una placeta voltada de plàtans amb la soca clapada de groc i de verd, carregats de boles que ja començaven a caure. Al mig hi havia una font amb l'aixeta espatllada. Encara no tenien les claus.

Aloma havia esperat Robert cada nit a la mateixa hora, però Robert no hi havia tornat. A Joan i Anna, quan li van preguntar què tenia al llavi, els va dir que s'havia tallat tot afaitant-se. En mirar-lo, la primera cosa que Aloma veia era aquella ferida que havia deixat un parell de gotes de sang damunt de les rajoles. No s'havien parlat més. Si li passava pel costat feia veure que no la veia. Aloma es penedia d'haver-li fet mal. Li costava molt d'adormir-se: a la matinada s'abaltia una mica. La claror del matí l'encegava tant que hauria volgut passar els dies al llit amb els finestrons tancats.

Anna sabia tot el que havia passat entre Joan i Coral:

—Què volies que hi fes? Fa molts anys que som casats. Quan va néixer Dani ja vaig començar a preguntar-me per què el teu germà s'havia volgut casar amb mi. Després ho vaig anar entenent. Són coses que trobes tota sola. Hi ha homes que es casen per tenir qui els cusi la roba, i els faci el menjar, i els doni els remeis quan estan malalts. Les il·lusions duren poc. I el que fa més mal és adonar-te que no n'havies d'haver tingudes. Un dia et casaràs i potser seràs feliç i pensaràs que jo anava equivocada. La vida és alegre o trista, segons com la miris. De vegades penses que no saps viure. O t'imagines que n'hi ha que són feliços i aleshores tot els sembla més bonic: potser un dia o altre et tocarà.

Va callar un moment com si el que anava a dir li fes angúnia. Aloma s'hauria estimat més canviar de conversa.

—Ja feia temps que ho sabia: abans dels embolics amb Coral. Perquè abans de Coral n'hi havia hagut d'altres. Aquestes coses se saben sempre; no cal que te les diguin. Cada dia el sentia una mica més lluny. Mentre jo m'anava amargant ell semblava que es tornés més jove; un dia em vaig adonar que tenia els ulls brillants com quan festejàvem per aquests carrers... A l'últim em van passar les ganes de sortir de casa, perquè tots els coneguts em deien que havia canviat. Als teus anys creia en moltes coses.

—Jo —va dir Aloma—, ja no crec en cap.

—T'ho sembla.

Al llum del menjador brillaven els primers cabells blancs d'Anna. S'havien posat a cosir la roba neta. Feia una estona que Aloma sentia el vent en el jardí. Va caure sutge de la xemeneia.

—Quant fa que es va morir Dani?

Aloma no va contestar. Semblava que fes anys, però no havia oblidat la remor dels seus passos, ni els xiscles dels seus jocs, ni aquells esglais que tenia quan veia el metge. Per què havien de parlar-ne?

—El teu germà m'ha dit que ja havia avisat les conductores.

Els mobles eren vells i tronats. Aloma va mirar la taula i les cadires: sempre havien estat allí. El vent envestia la xemeneia, que grinyolava com si es queixés.

—Quan s'acabarà aquest vent?...

Aloma va tancar els ulls per fer-se venir la son. Va començar a comptar: un, dos, tres..., trenta, trenta-un... «Li vaig dir: vés-te'n, i ell venia a estimar-me i jo li vaig fer sang amb les dents...» Cinquanta-quatre, cinquanta-cinc... «M'havia ofès, però en comptes de fer-li mal li havia d'haver dit el que pensava... Quin vent.» Setanta..., setanta-dos..., setanta-nou... «El meu germà està més tranquil; ja no es recorda de res.» Va obrir els ulls i va mirar la fosca al seu voltant. «Quan jo era una noia pensava..., què pensava?... L'ombra d'aquestes branques no em faria tanta angúnia si els arbres encara tinguessin les fulles. La por me la fa venir el vent. M'obrirà la finestra i s'endurà la roba del llit. Si almenys tingués son...» Noranta-nou, cent! Un, dos, tres, quatre... «Aquests cops deuen ser de la porta del galliner i em sembla que abans de sopar he posat la balda. Si obro els ulls veuré les ombres i em faran por.» Deu, onze...

«Aniré a trobar-lo. Hi aniré i li diré: t'estimo; però no és veritat. No puc estimar-lo com ell voldria que l'estimés.»

Es va asseure al llit, li va agafar fred a l'esquena i es va tornar a colgar. No podia calmar-se: la més petita remor li feia obrir els ulls. Els cops seguits d'aquella porta, al jardí, l'enervaven. I el vent que udolava, la xemeneia que gemegava sense parar... Va sentir que algú corria per davant de la casa. Qui podia córrer si el carrer no duia enlloc?: Devia ser en nits com aquella que robaven a les cases. Es va aixecar sense pensar-s'hi més. Les rajoles eren fredes. Temps enrera, una altra nit, li havia fet vergonya d'anar a veure Robert. S'havia tirat una bufanda a les espatlles i abans d'arribar a la porta li va relliscar a terra: gairebé va xisclar, com si algú la hi hagués estirada. Només havia de travessar el passadís. El vent va tirar una fulla contra els vidres i la hi va deixar encastada una estona. Mai no s'havia adonat que la seva porta costés d'obrir. A terra, ran dels seus peus, es movien unes quantes clapes de claror i d'ombra. Aguantant-se el respir, va entrar a la cambra de Robert. No veia res. Va passar la mà per la paret i per la fusta llisa de l'armari... Després, va fer dos o tres passos i va trobar la tauleta de nit. Una fusta va cruixir. Robert dormia com si al món no hi haguessin penes, i ella tan torturada... Sense voler, va fer córrer l'estora amb la punta del peu: era un tros d'estora molt vell, amb les vores esfilagarsades. Tremolant, es va deixar anar a terra i va posar la galta contra el llit. «Què hi faig, aquí?» Hauria pogut despertar-lo. Lluny, van tocar dues campanades. Estava molt quieta. Tot d'una es va adonar que tenia un braç a la vora i que la mà penjava fora del llit. Amb les puntes dels dits va acariciar aquella pell tèbia. S'hauria adormit si no hagués estat el fred que li partia l'esquena i aquell mal tan fort a dins del cap. Per què no se n'anava? Va posar els llavis damunt de la mà sense besar-la. Una altra mà la va agafar per l'espatlla i va sentir una veu, com un sospir: «Ets tu, Aloma?» No va poder més i es va posar a plorar. Robert amb prou feines la va entendre quan, entre sanglots, li va demanar perdó.

XVIII

I em rebel·lo contra la vida com si no hagués d'acabar-se'm mai.

BENJAMÍ CONSTANT, *Adolf*

Aloma va agafar l'americana que Robert havia deixat damunt d'una cadira i es va adonar que la cartera havia caigut a terra. Quan anava a collir-la, el cor li va fer un salt: estava oberta i, a tocar, hi havia un retrat. De seguida va endevinar-ho tot. Era una dona més o menys de l'edat de Robert. Amb el retrat a la mà es va acostar al mirall. Ella era més jove, més bonica. Però aquells ulls tenien alguna cosa que els seus no tenien. Abans de desar el retrat a la cartera, el va tornar a mirar: l'ensenyaria a Anna. Va baixar l'escala agafant-se a la barana, a poc a poc.

—Anna, mira què he trobat.

Anna va provar de llegir la dedicatòria, però estava mig esborrada; només s'entenia el nom.

—Ja me l'havia ensenyat. És la seva amiga. Un dia em va dir que havia estat a punt de tornar-se boig. Es diu Violeta. Es veu que en aquell país és costum de posar noms de flors a les noies... Té els ulls bonics, però no és gaire maca. Quan la va conèixer tenia vint-i-cinc anys i estava separada del marit.

Aloma va tornar a agafar el retrat. La mà li tremolava. Tantes vegades que havia pensat que potser tenia una amiga! Si l'hagués vist el dia que ell va arribar...

—Es van barallar. Ell diu que va venir per veure si ho acabava d'una vegada. A mi em sembla que el que volia era fer-la desesperar. No entenc per què s'ha quedat tant de temps amb nosaltres. Es veu que a mig viatge ja la trobava a faltar. Quan coneixeràs els homes et quedaràs esgarrifada: van de dret a una cosa i s'enceguen tant que s'estavellarien el cap contra les parets per aconseguir-la. Va arribar mig malalt.

Aloma s'havia quedat glaçada; aquelles paraules eren com una metzina. Li semblava que la veu de la seva cunyada venia de molt lluny.

—Ahir va rebre una carta i va parlar-me'n. Ja fa temps que li demana que torni. Ara li diu que, si no torna, el vindrà a buscar: que no cregui que després de viure anys amb ella la pugui deixar així com així. Es pensa que si triga és per culpa d'unes faldilles.

—No estan casats, oi?

Anna va dubtar un moment abans de contestar-li:

—Tant és. Són d'aquells que quan es troben no es deixen.

—Per què no m'ho havies explicat, tot això?

—Si et penses que aquesta història m'agrada molt... Vés; desa el retrat abans que Robert no torni. Que no s'adoni que l'has trobat ni que jo t'he parlat d'ell.

—Ho saps segur que la carta era d'ella?

—Me l'ha llegida, i t'asseguro que se'l veia preocupat. Però ja és prou gran.

Sí; se n'havia de fer càrrec. A l'altra ja l'estimava abans. Era la seva veritable dona. Ella no era ningú. Va pensar en el que Anna havia dit i que no havia acabat d'entendre: «S'enceguen i s'estavellarien el cap contra les parets.» «Era jo que m'havia d'haver guardat; en comptes de fer el que hauria d'haver fet, vaig fer com si fos...» Va desar el retrat i va penjar l'americana.

No podia empassar-se el menjar i l'anava escampant amb la forquilla. Quan li semblava que Robert estava distret, el mirava. Si el pogués treure de la seva vida! No li dolia d'haver-lo conegut, però s'hauria estimat més no haver-lo vist mai. De petita li havien dit que quan seria gran es casaria, que havia de saber portar una casa perquè en tindria una de seva. Que s'hauria de casar per poder tenir fills. Que per fer-los créixer havien de ser dos, perquè ella sola no en sabria. La mare a fer el menjar; el pare a guanyar diners perquè no els faltés res.

Quan va haver rentat els plats va pujar a dalt i va entrar a la cambra de Dani. Feia temps que no hi havia anat. Els finestrons estaven ajustats i a terra, en un racó encara hi havia les joguines. Dani..., Daniel; el nen i el germà. Els dos que havia estimat més no hi eren. Daniel no hauria pogut veure-la sofrir. Va passar la mà pel llitet i va ser com si sentís els braços de Dani al voltant del coll. El fill que tindria seria com Dani. Seria Dani, que no hauria mort. Ja feia temps que havia endevinat el que li estava passant, i no s'ho volia creure. Però ja era segur.

Va veure aquell retrat com si encara l'estigués mirant. «Té els ulls bonics —havia dit Anna— però no és gaire maca.» Hauria de ser molt valenta. Ja començava a semblar-li que tenia el fill al costat. Li hauria d'ensenyar de mica en mica com era la vida. Perquè s'hi avesés. Podria aprofitar la robeta de Dani; gairebé era nova.

Es va agenollar davant del calaix on la guardaven. Quan l'anava a obrir, va sentir la veu de Robert:

—Aloma.

Va aixecar-se a poc a poc:

—Què vols?

Estava dret al seu costat, sense mirar-la:

—No podem seguir més com fins ara.

Aloma es va tornar a agenollar davant de l'armari i va dir-li:

—No; no podem seguir més així.

Robert va anar fins a la finestra, i va mirar a fora:

—M'hauré d'embarcar.

Va ser com si tot s'enfonsés; Anna tenia raó.

—Suposo que no et sap gaire greu.

—No, no em sap greu.

—Si fossis d'una altra manera... De vegades no t'acabo d'entendre. No sé ben bé què vols.

—Sí, si no fos com sóc tot seria diferent.

—Sempre em recordaré de tu; i no del que vas fer-me aquella nit.

Aloma havia tancat el calaix i estava dreta, una mica apartada de Robert.

«Si li ho digués —va pensar—, com s'ho prendria?» Una onada d'orgull la va fer callar. Encara el sentia aquella nit: «Bèstia!» Era ell el qui hauria hagut de demanar-li perdó, voler-la per sempre. Sense saber ben bé per què, va dir-li:

—Escolta, et voldria fer una pregunta molt difícil.

—Digues.

—Voldria saber què penses. No demano ni espero res. Però si et preguntava si et vols casar amb mi, què diries?

Va sentir que es posava en guàrdia.

—Ets molt jove, Aloma. Tens tota la vida davant teu... Sóc un home gastat i tu mereixes algú millor que jo. Un dia o altre et casaràs i no et recordaràs més de mi.

«Per ell ja només sóc una pobra noia que s'abandona; la carta l'ha fet decidir.» Li va semblar que la mirava amb una mica de por, com si la cregués capaç de fer una bogeria que ho espatllaria tot.

—Vols dir que em podria casar amb un altre?

La va entendre de seguida:

—Pel que ha passat? No series la primera noia que es casaria sense poder portar flors blanques.

Aloma va somriure perquè no s'adonés que li havia fet mal, però li van venir ganes de bufetejar-lo. No li demanaria mai que fos res d'ella; mai! «Que se'n vagi!» Si ella li havia servit per a passar l'estona no li demostraria que ho sentís; encara que les llàgrimes l'ofeguessin. Es va girar d'esquena i va dir baixet:

—Quan te n'aniràs, vindré a dir-te adéu.

Va arrencar a córrer cap a la seva cambra i es va tirar al llit desesperada.

XIX

O en quantes parts, aquelles que més temen los llurs defalliments, se affollen e anans de temps parexen.

BOCCACCIO, *El Corbatxo*

Quan Aloma es va despertar encara era negra nit. Robert se n'anava. Tornaria a veure els vaixells, el port, el mar, que abans de fer la volta s'ajuntava amb el cel. «Havia d'acabar així», va pensar tot aixecant-se.

La casa era mig buida. Quedaven només els llits, un parell d'armaris, la taula i unes quantes cadires. Havien ficat els plats i les coses de vidre dintre d'una caixa de fusta plena d'encenalls. El vell Cabanes s'havia quedat les gallines.

Aloma es va passar la mà pel ventre. Sentia una mena d'orgull. No, no era orgull, era una altra cosa, no sabia què; que li donava força. Tantes de proves l'havien fet tornar valenta. La mort de Dani, sobretot. I aquella sensació, cada dia més fonda, d'estar obligada a viure. Es va aguantar a la paret per no caure: s'hauria d'avesar a trobar-se malament.

Robert va entrar quan ella s'estava acabant de vestir. Una claror de cendra havia anat omplint a poc a poc la cambra.

—Aloma —li va dir mirant-la amb una espurna de tendresa en els ulls—. No me'n podria anar sense dir-te adéu. No et voldria deixar un mal record.

Ella no va dir res.

—T'he estimat, i et tenia massa a la vora...

Aloma va pensar que no sabia què dir, que parlava només per quedar bé. «T'he estimat.» Ella també; perquè no sabia res de la vida. «És com si s'hagués trobat a les mans una noia amb moltes ganes d'estimar i sense saber què és estimar.»

Ella, en el seu lloc, coneixent com devia conèixer la vida, l'hauria respectada. Encara que li hagués costat. De tot plegat seria ella la qui hauria de pagar les culpes. Ho acceptaria tot: el fill, si no moria en néixer, les privacions, el desconsol d'haver de viure sola.

Van sentir passos a l'escala.

—Adéu, Aloma. Pensaré sempre en tu.

Estimaria altres dones, perquè no podia tenir dones a la vora. Amb els ulls plens de tristesa va somriure. Va sentir que Anna entrava a la seva cambra. No podia entendre què deien. Hauria de fer llençols petits. No en quedava ni un. Anna els havia tallat i n'havia fet coixineres. El seu fill naixeria pobre, però la tindria a ella i no li faltaria res, perquè, si calgués... La va esgarrifar el que pensava. Al capdavall... Es va veure com seria al cap de cinc anys. El seu fill aniria a l'escola, veuria altres petits que tindrien pare i n'hi parlarien. Què li hauria de dir ella del seu? El podrien fer passar per fill d'Anna, i duria el nom de Joan i el d'ella, però seria massa trist que no li pogués dir mare. Per què havia de pensar-hi si encara era lluny? «Potser ja m'hauré mort.» No, no es moriria. Aniria de la mà del fill per camins foscos que no hauria vist mai. Ell parlaria, li faria preguntes i ella no sabria què dir-li. Per dintre ja seria morta.

Havia de ser valenta. Diria adéu a Robert com si fos només el germà de la seva cunyada. Tenia la vista enterbolida. Va entrar al bany i es va humitejar els ulls. El jardí seria el que li faria més pena d'haver de deixar. El pis tenia dos balcons i, en els balcons, les plantes no s'hi fan. Per la finestra va mirar la casa abandonada; feia pocs dies que havia vist aquella gent. Devien tornar a viure a la vora. El pare duia un sac a l'esquena, el noi un feix de llenya tendra. La noia, més bruta que mai i despentinada com una bruixa, anava amb unes faldilles curtes que li pujaven del davant perquè tenia el ventre molt gros. No recordava qui li havia dit que el pare havia volgut matar-la perquè el marit l'havia deixada després d'haver-li fet una criatura.

Quan anava a sortir del bany va sentir que Robert i el seu germà arrossegaven maletes pel passadís. Es va quedar dreta darrera de la porta. Recordava Robert el dia que va arribar: ella l'havia acompanyat a la cambra i ell li havia dit una cosa amable. I van tornar d'una manera violenta les males estones, les lletges, les que la feien plorar bocaterrosa, de cara contra el coixí. Mai no es podria esborrar el senyal de tants de petons.

L'esmorzar va ser desolat. Sempre s'havia sentit molt lligada, i era menys lliure que mai. Si tingués valor per dir davant de tots que... Què en trauria? Ella i Robert ja no podien conviure. Joan es va passar el tovalló per la boca, es va aixecar i va dir que portessin les maletes al peu del reixat mentre ell anava a buscar un taxi.

Robert i Anna van abraçar-se, i Aloma va girar el cap. Mesos enrera, al costat d'Anna, hi havia Dani amb els ulls plens de curiositat, pendent del més petit gest d'aquell oncle que no havia vist mai i que havia vingut del mar. Va obrir la vidriera i va sortir a fora. Robert va seguir-la. Un moment va sentir la mirada d'ell, tan quieta, tan penetrant, que va deixar de pensar perquè no endevinés què pensava.

En el taxi, Robert es va asseure al seu costat; com el dia que va arribar. De tant en tant, Aloma, en el vidre, es veia la cara esbarrellada. Passarien els anys. Tornava a veure els camins foscos, i va sentir a dintre de la mà la mà petita del seu fill. Havia de saber contenir-se; no pensar en el que havia passat ni en el que vindria perquè si estava malalta el fill també estaria malalt.

Joan, que devia estar mort de son, va fer una capcinada. Robert va agafar la mà d'Aloma i la va besar... Ella va tancar els ulls amb força per poder recordar sempre més aquella mica de tendresa.

L'olor de mar va regirar-la. Què seria d'ella? Qui tindria a la vora quan arribaria el moment de sofrir? Recordava els crits d'Anna quan Dani havia nascut. Ella era molt joveneta. S'havia quedat una estona al passadís i es va haver de tapar les orelles. Li va agradar que fos un nen i que volguessin posar-li Daniel. Joan no s'havia separat ni cinc minuts d'Anna. Ella tindria un fill a l'hospital, en aquella gran capsa plena de forats. Les infermeres duien bates blanques i feien prendre els remeis per força. Els metges s'acostaven a la taula d'operacions com si fossin ombres. En el llit hi hauria mort altra gent. Va recordar aquell diumenge a la tarda i va tornar a veure aquell disc amb les lletres negres: «Silenci.»

Joan es va adonar que Aloma havia perdut el color i anava a caure; va ser a temps d'aguantar-la. Robert estava mirant uns papers i va aixecar el cap:

—Què tens?

—Només de veure l'aigua —va dir Joan— ja li ve mareig.

Era com si li haguessin xuclat tota la sang. Va fer un esforç, per aguantar-se dreta. «¿És possible que no vegin que m'estic morint?»

—No és res; ja m'ha passat. Dec estar cansada.

—M'has fet espantar, però si no et trobes bé ens podem separar aquí —va dir Joan que ja devia començar a trobar aquell adéu massa llarg.

—No, no; pugeu... Us ensenyaré una mica el vaixell.

Van travessar un parell de salons; el menjador, molt gran. A la vora de les finestres hi havia bótes amb hortènsies blaves. A banda i banda d'un passadís, unes quantes vitrines estaven plenes d'objectes per regalar. Van baixar una escala i Robert es va aturar davant d'una porta. La va obrir i tots tres van entrar a la cabina.

—És igual que la que em van donar quan vaig venir.

Aloma es va acostar a l'ull de bou a mirar l'aigua. S'adonava que el seu germà envejava Robert: poder-se'n anar sol i lliure...; el pobre Joan, que els havia fet malbé la vida i que encara duia al voltant del braç una faixa negra per la mort de Dani que havia estimat tan poc.

Van tornar a coberta. Hi havia gent que s'abraçava, que enraonava cridant. Una dona vestida de negre omplia de petons la cara d'un noi: devia ser el seu fill. Tot d'una, Robert, girant-se de cara a Joan, va dir:

—Vols anar a la meva cabina? M'he deixat la cartera a l'abric.

Aloma mirava el port on la gent es veia petita i mig esborrada. Tenia Montjuïc a l'esquerra, negre i trist a dintre de l'aigua. Al seu davant, a dalt de tot d'un edifici, hi havia un rellotge rodó.

—Aloma, ets tan jove...

No el va deixar acabar. Amb un impuls incontrolable li va llançar els braços al coll i el va besar:

—M'havies estimat, oi? Al començament.

No va dir res més. Joan s'acostava.

—No he trobat cap cartera.

—Estava segur que me l'havia deixada, però quan te n'has anat he vist que la duia a sobre.

Es va treure la cartera de l'infern de l'americana i va agafar uns quants bitllets:

—Té; compra't el que vulguis, com a record.

Joan estava molt content:

—Em sembla que no t'avorriràs. He vist un parell de noies!

Es van abraçar. No va dir-los que li escrivissin ni ells li van dir que li escriurien. Aquella dona vestida de negre ja havia baixat; des del moll, amb un braç enlaire, feia voleiar un mocador.

Mentre baixava la passarel·la amb el seu germà al costat li va semblar que deixava tota una vida darrera d'ella.

Joan va fer aturar el taxi a la Rambla, davant d'una botiga vora una parada de flors. Hi havia una galleda a terra amb crisantems d'un groc esclatant i un taulell cobert de sobres plens de llavors màgiques.

—Vaig a demanar preus. No et moguis. M'agradaria comprar-me una màquina de retratar. No tardaré.

Parlava de pressa, amb els ulls carregats d'il·lusió, com una criatura.

Potser aquells diners li farien falta a ella quan nasqués el fill. Però Robert els havia donat a Joan. Sense ganes de plorar es va sentir els ulls xops de llàgrimes. Estava arraulida en el seient. Ja no el veuria mai més i era l'home amb qui hauria hagut de viure tota la vida. Al seu voltant hi havia la gent, les flors. Passaven noies. La ciutat bategava plena de vida. Li va semblar que mai més no tindria força per somriure. La seva desesperació creixia amb la soledat. Si no hagués estat per aquell miralllet que tenia al davant s'hauria agenollat en el seient i hauria mirat enrera. No hauria vist res, però al fons, lluny, hi devia haver els pals, les antenes... Hauria cridat que tornés, li hauria explicat ben bé com era: ni tan indiferent ni tan dolenta. Una criatura. Li hauria demanat que la perdonés, que no recordés res que pogués fer-li mal. Li hauria dit que potser amb els anys seria una dona com les altres; prou abnegada per fer-lo feliç, més serena. Que potser el naixement del fill la canviaria... On trobaria una mica de tendresa, uns braços que l'emparessin? Es va mirar les mans: eren les mans d'una persona morta. Ella no estimaria mai més ningú. Detestava l'amor. Hauria volgut morir-se, no haver nascut. «Potser em moriré, i el petit amb mi. Millor. Si pogués dormir sempre...» No diria qui era el pare encara que la matessin. Callaria. No havia fet altra cosa: callar. Dissimular. Les botzines dels autos eixordaven. Pel mig del passeig un home vell empenyia un carret i l'anava omplint de fulles. Un hivern que havia fet molt fred va nevar tota una nit i l'endemà al matí hi havia una escampadissa de pardals per terra; panxa enlaire, i alguns amb una ala estesa... Passava gent sense parar. Dos homes amb impermeables negres es passejaven amunt i avall amb anuncis damunt de les espatlles. Es veien minyones carregades amb cistells i un home que venia bitllets de la rifa anava i venia per entre les taules dels cafès.

Joan va obrir la portella del taxi.

—Què et sembla? Mira quin feix de prospectes que m'han donat!

Va veure el seu germà d'una manera nova; com si

tots dos haguessin de protegir-se. Si hagués pogut confessar-li... Si s'atrevís... Que la planyés com hauria fet Daniel. Ell l'hauria abraçada sense voler saber res. Per què s'havia matat?

El sol ja era alt, però no escalfava gaire. Joan va dir:

—Ja deuen haver anat a buscar els últims mobles.

Travessaven la Plaça de Catalunya. Un home mal vestit anava traient engrunes de pa d'una paperina i les tirava als coloms. Joan es va decantar cap a Aloma i li va agafar una mà.

—L'estimaves?

Aloma es va quedar mirant-lo amb els ulls plens d'angoixa.

—L'estimaves.

—No.

I no va poder més. Es va fer petita dintre els braços del seu germà, tan desgraciat com ella, i va esclatar en plors per la soledat que venia.

XX

La cortina, lenta i silenciosa com un destí que s'aproximés, caigué damunt l'amor.

MARGARET KENNEDY, *La nimfa constant*

Així que el taxi va tombar la cantonada ja van veure la conductora al mig del carrer i un home que sortia del jardí carregat amb una caixa.

Dinarien al pis. Aloma, a la tarda, tornaria a la casa per mirar que no s'haguessin deixat res. Tancaria i duria les claus als amos nous.

Joan s'esbravava:

—Si tenia diners pledejaria, encara que només fos per no deixar-los tranquils. Ensorrar-nos d'aquesta manera per quatre pessetes!

Anna no deia res, voltada de caixes destapades que l'entrebancaven, anava buscant les eines de cuina que li feien falta. Aloma la va ajudar a fer el dinar i a parar taula. Es trobava malament.

En havent dinat es va estirar al llit. Tenia els turmells inflats i li feia mal l'esquena. Va provar de dormir i no va poder. La seva cambra era petita, amb una finestra que donava a un celobert fosc i esquifit; al davant hi havia una altra finestra com la seva, dels veïns del costat. Es sentien corredisses al pis de sobre. Van arrossegar una cadira. La galeria del pis donava damunt d'una fabrica de sedes. Treballaven sense parar i de vegades feien torns de nit. Els patis de les botigues estaven plens d'embolics: en el de sota hi havia una gàbia atrotinada amb quatre gallines a dintre. Una criatura va arrencar a plorar com si l'apallissessin.

Anna, que ja havia acabat de rentar els plats, va entrar i es va asseure als peus del llit.

—Dorms?

—No —va contestar Aloma.

—Has vist, Joan? Què n'hem de fer d'una màquina de retratar? El meu germà sap en quina situació ens trobem... Era a mi que m'havia d'haver donat alguna cosa.

La criatura encara plorava. Anna parlava baix, amb ràbia:

—Aquest pis em cau a sobre: ens hi morirem tots.

Aloma no va dir res; pensava que més tard o més d'hora li hauria d'explicar el que li passava.

—Escolta...

I de pressa, perquè a poc a poc no hauria pogut, li va preguntar:

—Encara tens aquells diners que Robert et va donar perquè Dani pogués anar al col·legi?

—Qui sap on paren... Per què ho preguntes?

—És que haurien pogut servir per... —Es va aixecar i es va quedar dreta davant d'Anna—: He de tenir una criatura.

Gairebé es va menjar l'última paraula. Li va semblar que Anna no l'havia entesa i va repetir:

—He de tenir una criatura. Aviat, em penso.

—Tu?

—No tinguis por. No us faré nosa. Miraré de buscar feina... La que sigui. No vull ser una càrrega. Quan vindrà l'hora aniré a l'hospital. S'hi està molt bé; més bé que a casa.

—Estàs malalta i no saps què dius. Fa temps que no ets la mateixa.

—T'he dit la veritat.

Anna semblava que no la volgués entendre.

—De qui és? —va preguntar tot d'una, amb la veu agra.

Aloma no va contestar-li. Anna es va aixecar i agafant-la per les espatlles va començar a sacsejar-la amb fúria.

—De qui és? Digues!

—Deixa'm; em fas mal.

Es va poder desfer de les mans d'Anna i va sortir al passadís. Anna, que l'havia seguida, se li va plantar al davant amb els ulls fora del cap:

—És del meu germà?

Al fons del menjador, a través dels vidres de la galeria, es veia un tros de cel. Tot mirant-lo. Aloma va dir:

—No.

Anna la va tornar a agafar per les espatlles i va començar a fer-li preguntes. La passivitat d'Aloma, que la mirava com si no existís, l'anava posant frenètica. Aloma va sentir una onada de menyspreu. Hauria volgut dir-li que sí, que la culpa era d'aquell seu germà que no podia tenir dones a la vora. Amb els ulls una mica buits mirava la seva cunyada, que no s'havia desesperat perquè el seu home se'ls havia malbaratat la casa, que havia aguantat tots els enganys i que es girava contra d'ella. Era com Robert. Egoista. De la mateixa pasta.

La va deixar amb la paraula a la boca. Al menjador, damunt de la taula hi havia les claus de la casa. Va agafar-les d'una revolada i va baixar l'escala corrent. Respirant de pressa, es va aturar a l'entrada i l'aire del carrer va refer-la. Començava a fosquejar i fresquejava. Es va posar a caminar a poc a poc. Va travessar la placeta. A la nit, Anna ho explicaria a Joan. Ho diria a tothom. La insultarien. Veia tot de cares al seu davant que la miraven amb fàstic. El cor li feia mal. Ella no faria com Daniel, que s'havia matat. S'anava acostant a casa seva; ofegada de tendresa va començar a pujar pel carrer desert. Va obrir el reixat. Havia nascut en aquella casa, hi havia fet els primers passos: arrencava les flors que tenia a l'abast de la mà i les tirava al sortidor perquè nedessin. El seu pare, que només vivia per aquell jardí, l'agafava a coll, li feia un petó i la renyava: «Si fas malbé les flors, vindrà l'ocell puput i et picarà les manetes.» «Aloma», va dir sense adonar-se'n. Va pensar: «Sóc jo. Era una noia... Només té importància el fill, sempre ha estat així: neixen i ho esborren tot. Jo ja no sóc ningú. Serà valent i serà un home. El veuré créixer i jo quedaré enrera, apagada... I quan em moriré seré vella i ell ja tindrà fills.»

Va tancar el reixat i les frontisses van grinyolar. Va pensar, com sempre: «Demà hi posaré oli.» Demà? Quin demà? Es va aturar al jardí que, com tots els capvespres, feia olor de terra i d'herba. Els arbres tornarien a tenir fulles. La glicina s'hauria d'esporgar. I s'haurien de replantar les violetes, que ja eren massa velles.

Va encendre el llum de l'entrada: aquella bombeta que feia tan crues les parets. Tot era fred i desolat. Sota de la finestra del menjador hi havia una gran guixada de llapis que Dani hi havia fet. El paper de les parets tenia els colors més vius on hi havia hagut els mobles. De la cuina sortia tuf d'aigüera, i l'aixeta degotava. Va sentir uns passos lluny, i es va esfereir. Ho feia que la casa era buida? Sense alçar massa la veu, va dir: «Dani!» I l'eco, com si l'escarnís, va repetir: «Dani!» Va cridar: «Aloma!»; i va sentir: «Aloma!»

A la cambra de Robert encara hi havia les cortines a la finestra. Amb el mànec d'una escombra les va despenjar. Se li va ficar pols al coll i va tossir. A fora tot era silenciós. Sense vent, a la cambra d'ella, l'ombra de les branques a la paret semblava morta. Va sentir el so llunyà d'una campana. Una sirena. A l'ampit de la finestra hi havia un llibre. Tant que havia patit perquè no el trobessin i no hi havia pensat mai més. El va agafar i se li va obrir pel mig, allà on havia deixat la carta. La va treure del sobre: «Estimat, molt estimat...» Que n'era de ruca! Li va semblar que de tot allò feia molts anys i va esquinçar la carta. Al davant de la finestra hi havia hagut el llit. Al costat, l'armari. Quan els homes que havien fet el canvi l'havien desmuntat, devien haver trobat el llibre i l'havien deixat a la finestra.

Va tornar a la cambra de Robert; hi havia passat

aquella nit de por: el vent entrava per la casa i plorava, les portes cruixien. Va tancar la finestra i va enfonsar la lleba ben endins. Si tornava a fer vent podria trencar els vidres.

Va pujar escales amunt, fins a les golfes. No hi havia llum. Quan Daniel va morir, Joan va fer arrencar els fils elèctrics. La cambra on Daniel escrivia era molt baixa de sostre. Feia anys que no hi havia entrat i es va estremir. Tornava a viure tota la seva infantesa. Per la finestra es veia la ciutat, esquitxada de llums. El cel encara no era ben negre. Com devia haver sofert Daniel abans de... Li va semblar que regirava llot, i es va posar la mà damunt del cor per calmar-lo. «Per què no ho faig?» La sang havia lliscat cap a un racó i sempre més hi havia quedat la taca. S'havia tallat les venes amb un tros de vidre.

Ella pujava a veure'l molt sovint perquè li expliqués coses. Feia dies que li parlava d'un llibre que estava llegint: hi sortia una noia que es deia Regina, una noia valenta, que caminava per un camp nevat, voltada de llops. I una tarda va trucar a la porta fluixet, com sempre...

Va estar una estona quieta i a l'últim va deixar el llibre a terra, com una ofrena a Daniel. A la finestra hi faltava un vidre. Es va agafar el coll amb una mà i va tancar els ulls. Va ser com si tingués el jardí davant: el taronger, que a l'estiu feia un sostre verd de clarors i d'ombres; el galliner amb la parra. Les gardènies. Les fulles de la morera que fregaven la finestra. I aquell eucaliptus mig partit, a tocar de la casa abandonada.

A la banda de mar hi havia núvol
amunt, encastellats, i aviat el cobriri
hospitals, com per caritat, unes lletres
«Silenci.» Va anar cap a la porta, tr
sortir a les palpentes. Baixava l'escal
com si fos una escala que no s'hagués
Va tancar totes les portes, totes les fir

Abans de sortir al carrer va passar e
ros del reixat. «Els ferros dels reixats
deixen frescor a les puntes dels dits
sentir el crit mig ofegat d'una sirena i
orelles amb les mans. «Fill..., casa..., j
d'estiu...» Com enyoraria els petons
l'ànima i com trobaria a faltar una
hores fosques li digués: estimada. L
queien galtes avall. Havia de ser val
petita diria: «Mare.»

Es va agafar fort les mans perquè no li tremolessin tant. Els carrers eren quiets. D'una paret penjava un roser sense roses. Lluny, hi havia la remor sorda de la ciutat, noies que plantaven cara a la vida, sense somnis.

Una mica de vent va fer moure la flameta del fanal. Les cases estaven tancades. L'hivern vindria a vetllar-les.

I Aloma es va perdre carrers avall, com una ombra, dintre de la nit que l'acompanyava.

Barcelona, abril de 1936
Revisada a Ginebra, l'any 1968

PROPOSTES DE TREBALL
I
COMENTARIS DE TEXT

Propostes de treball

Consideracions generals

Aquestes propostes estan pensades per a un treball individual que, idealment, s'hauria de posar en comú amb l'objectiu de comparar i discutir les diferents respostes possibles. Tanmateix, totes possibiliten una tasca en grup.

En el cas de la proposta 7, es pot fer una sortida col·lectiva. Les propostes 10 i 11 s'han de fer fora d'hores de classe i seria millor dur-les a terme per parelles.

La proposta 15 està pensada per preparar sessions col·lectives de debat, els temes de les quals hauria de seleccionar el professor o la professora a partir de les respostes de l'alumnat. Les sessions admeten diverses opcions d'organització tant pel que fa a la formulació de les opinions com al mètode de discussió. La dinàmica pot ser improvisada (una discussió oberta a partir de la feina individual) o, preferentment, preparada a partir d'exposicions orals que després es poden contrastar, qüestionar i discutir conjuntament o particularment. Les exposicions poden ser per equips o per parelles.

Propostes específiques

1. Fes un resum de cinc línies de cada capítol de la novel·la. Després pensa una frase de síntesi per a cadascun. Quan les tinguis totes, fes un quadre amb vint caselles en un full de paper apaïsat. A cada casella, escriu-hi un número de capítol i la frase de síntesi corresponent. Observa el resultat final. Quines parts diferenciades veus en la història? Quina estructura de la novel·la pots deduir d'aquestes parts concretes de l'argument?

2. Fes un esquema dels personatges de la novel·la, en un full de paper apaïsat (si pot ser, DIN A3) o en una cartolina. Hi han de sortir els noms i les relacions entre ells (procura fer servir figures geomètriques o símbols que t'ajudin a visualitzar quin paper tenen i com es vinculen entre ells). Marca els més importants de manera diferent, però no te'n deixis cap de significatiu. Quan hagis fet l'esquema, mira-te'l una mica de lluny però assegurant-te que veus bé tot el que hi ha (a un metre de distància, per exemple). Què hi veus, pel que fa a l'estructura «humana» de la ficció? Hi ha paral·lelismes entre grups? Hi ha relacions simètriques o són totes diferents? Què et suggereix, tot plegat?

3. Cada capítol d'*Aloma* s'obre amb una citació directament relacionada amb allò que s'hi narra. Selecciona cinc citacions que t'hagin agradat o t'hagin cridat l'atenció i fes una fitxa per a cadascuna (pots seguir el model inclòs a continuació). En aquesta fitxa, explica per què has triat la citació i anota tots els elements del capítol que creus que hi remeten o hi tenen alguna cosa a veure (rellegeix, si cal, les pàgines corresponents).

MODEL DE FITXA:

Capítol I

CITACIÓ: «I bé, tot m'apareix en la forma més grollera, més repugnant» (Tolstoi, *Anna Karenina*)

MOTIU DE LA TRIA: *He triat aquesta citació perquè...*

ELEMENTS DEL CAPÍTOL QUE ES RELACIONEN AMB LA CITACIÓ:

1. La primera frase: «L'amor em fa fàstic!». Relació amb la citació: (a) *fàstic* i *repugnant* fan referència al mateix tipus de sensació desagradable; (b) en els dos casos es tracta de la reacció d'un JO davant d'alguna cosa, d'una perspectiva concreta («m'apareix» i «em fa»: *a mi*, no és una generalització ni es fa referència a ningú més).

2. L'episodi de la gata. Relació amb la citació: (a) la gata té un color blanc «empastifat de bèstia abandonada» (l'animal fa fàstic); (b) la malaltia la fa repugnant per les crostes, la cua pelada, el fet que cada vegada va més bruta...; (c) el mareig d'Aloma davant el que fa el gat mascle, sa i magnífic, que no s'atura ni davant els vòmits de la gata moribunda.

3. ...

4. Les citacions que has triat i els elements de cada capítol que s'hi vinculen, quina relació tenen amb la història d'Aloma, tant en general com pel que fa a les parts concretes que hi hagis vist? El quadre que has fet en la proposta 1 et pot ajudar a veure-ho més clar.

5. Quines conclusions pots extreure de les relacions que has descobert en l'activitat anterior? Pensa-hi, sobretot, pel que fa a la manera com s'explica la història de la protagonista. ¿Les coses es diuen obertament, se suggereixen, es mostren amb subtilesa... o com? Dóna'n exemples concrets.

6. Compara el fragment següent, extret de la primera versió d'*Aloma*, amb el fragment corresponent de la versió definitiva que tens a les mans, que trobaràs al capítol I. Primer, copia'ls tots dos en un full perquè et resulti més fàcil fer la comparació. Després, anota totes les diferències que hi vegis. Finalment, redacta un comentari sobre els canvis que això provoca en el text (què deixa d'haver-hi, què hi ha de nou, amb quines conseqüències, etc.).

Estona i més estona trià llibres. Els acariciava gairebé. No es decidia. ¿Dintre de quin trobaria coses interessants? Noms i més noms. *Pinya de rosa*. Pinya? ¿Devia explicar coses d'Amèrica? Les portades més virolades li inspiraven recel. Eren per a ensarronar adolescents. Ella tenia divuit anys molt seriosos.

—¿Aquest, quant val?

—Miri al darrera. Aquí, al llom... No, al darrera, veu? Cinc pessetes.

—No... —no les té— ... ¿i aquesta?

Guaità el preu. No arribava a quatre.

Quin nom, el de la novel·la: *Una mena d'amor*. Ja caldria que l'amagués ben bé.—Serà una ruqueria.—Però l'atreia. Li feia vergonya d'adquirir-la, però argumentava per tal de fer-la retrocedir.— ¿És que duc escrit a la cara que encara sóc una noia? Una casada jove bé deu llegir llibres amb noms pitjors. Segurament que, anomenant l'amor, ni en parlarà.—Que de temps que volia comprar un llibre que no fos el *Tratado de política* que un vell amic de la casa havia regalat a Joan [...].

—Em quedaré aquest.—Va donar les quatre pessetes—. El que sobra, de contes per a un nen.

Va respirar. ¿Un nen? Estava salvada; com que pensarien que tenia un nen no estranyarien que comprés una novel·la amb un nom tan suggestiu.

[...] Amb el llibre i uns quants *Patufets* i *Virolets* pujà al vagó empestat de pols i zotal.

No veia res, submergida en quimeres més reals que no els viatgers que entraven. El seu perfil graciós (ella no ho sabia) era reflectit a la finestreta. Somreia de la pròpia gosadia. Era la primera vegada que feia una cosa d'amagat. (Rodoreda 2006: 56-57)

7. Aloma, en el primer capítol, fa un recorregut a peu per Barcelona. Identifica els llocs on va i per on passa. Fes una fotocòpia d'un mapa de la ciutat i dibuixa-hi l'itinerari. Contrasta'l amb la proposta relativa a Mercè Rodoreda que trobaràs a Internet, en els «Itineraris Literaris. Escriptores de ciutat», que t'ofereix la xarxa de biblioteques populars (www.bcn.es/biblioteques/itineraris/itisup.htm). Quin dels dos itineraris et sembla més interessant? Per què? Fes-lo a peu. Abans, has d'haver marcat els fragments d'*Aloma* en què es parla dels llocs per on passaràs. Quan hi passis, llegeix-los. Podries dir si han canviat, aquests llocs, a partir del que te n'explica la novel·la? Per què? Un cop respostes aquestes preguntes, reflexiona sobre si *Aloma* fa alguna aportació a la memòria de la ciutat: què en penses? Argumenta la teva opinió.

8. El principi del capítol IV relata el primer encontre d'Aloma i Robert i el trajecte que fan amb taxi fins a casa. Torna'l a escriure focalitzant la narració en ell, és a dir, des de l'altra perspectiva, des d'uns altres ulls (i pensa que canvies la visió d'una noia adolescent que no ha sortit de Barcelona per la d'un home madur que ve d'Amèrica, amb tot el que això pot suposar). Quan ho hagis fet, fixa't en què ha canviat.

9. A partir de la feina que has fet en la proposta anterior, reflexiona sobre les implicacions del punt de vista en les obres literàries. Pensa en altres narracions que hagis llegit (algun conte o alguna altra novel·la). Escriu la teva opinió argumentant-la amb els exemples concrets que recordis.

10. Busca bibliografia sobre Mercè Rodoreda en general, i específicament sobre *Aloma*, a les biblioteques que tinguis més a l'abast. Quina mena de material hi has trobat? Quines diferències hi ha entre els diversos llibres que has localitzat? Fixa't que no has obtingut, d'entrada, cap referència d'articles publicats a la premsa (en diaris, revistes, etc.). Per què creus que això és així?

11. Ara busca informació sobre Mercè Rodoreda a Internet. Primer, fes una cerca general i selecciona el que et sembli més interessant tant pel que fa a l'escriptora com pel que fa a *Aloma*. Anota cadascuna de les referències i resumeix, a sota, les dades i les valoracions que hi has trobat. Després, entra a TRACES (una base de dades de bibliografia sobre llengua i literatura catalanes que trobaràs a l'adreça www.traces.uab.cat/tracesbd), i prova de fer el mateix. Primer, hauries de llegir les explicacions sobre la base de dades que hi ha a la pàgina. Quan ho hagis fet, fes la teva cerca. Decideix quin material aniries a buscar si haguessis de fer un treball sobre *Aloma*, fes-ne la llista i argumenta la teva tria.

12. En el pròleg, al final de l'apartat dedicat a la biografia de Mercè Rodoreda, s'afirma que les obres literàries són el més important amb relació als escriptors (més importants que la seva vida). Quina és la teva opinió, en general, sobre aquesta afirmació? Justifica la teva resposta. Concretant una mica més, ¿creus que cal conèixer la vida de Mercè Rodoreda per llegir *Aloma*? Per què? ¿Hi ha alguna cosa de la novel·la que no s'entengui sense saber res sobre l'autora?

13. Fixa't en aquesta declaració de Marina Gustà, extreta de l'article de presentació del dossier que la revista *L'Avenç* va dedicar a Mercè Rodoreda l'abril de 2005: «Es llegeix millor literàriament com més històricament es llegeix». Què creus que vol dir, en general? I amb relació a *Aloma*? Argumenta la teva resposta. Un cop ho hagis fet, llegeix el text complet de Gustà, que trobaràs en l'apartat de textos complementaris. Si hi ha res que no entens, pregunta-ho al professor o a la professora. Quan t'hagis assegurat que comprens tot el que s'hi diu, pensa quin sentit hi té l'afirmació i argumenta la teva resposta.

14. Després d'haver fet les tasques 12 i 13, contrasta les teves idees i conclusions amb les de Marina Gustà. Es contradiuen? Coincideixen? En quin sentit? ¿Això et fa rectificar la teva opinió o encara te la referma més? Posa-ho per escrit de manera que qualsevol persona (no només el professor o la professora) pugui entendre la teva explicació.

15. *Aloma* és una novel·la que toca moltes qüestions: la força de la passió amorosa, el sofriment que provoquen les decepcions, els prejudicis morals, les mentides, la distància entre la vida i la literatura, la diferència entre el que volem i el que aconseguim, etc. Pots trobar-n'hi més, segur. Quins d'aquests temes et semblen més interessants per debatre'ls a classe? Fes-ne una llista i exposa, al costat, quin interès tens a discutir-los.

Models de comentaris de text

Una reflexió per començar

Un comentari de text presenta sempre diverses possibilitats. Aquí se'n proporcionen dues de diferents a partir de dos fragments d'*Aloma*. Es triï el model que es triï (un d'aquests o altres, tant li fa), sempre és recomanable indicar els diversos components del fragment comentat, localitzar-lo dins de la novel·la i relacionar els elements que hi apareixen amb el conjunt del relat.

Comentari A

«No hauria pogut explicar per què tenia aquella angúnia. Ningú no havia fet res que no es pogués fer. El seu germà i Robert estaven al costat de Coral. Tan exagerada, sense aquella tendresa que de vegades l'ofegava a ella... Hi havia moments que odiava tothom: menys el nen.» (cap. IV)

Aquest fragment forma part de l'episodi de les visites que Aloma i la seva família reben el dia de l'arribada de Robert. El capítol en què s'inclou relata el que passa durant la jornada, des que la protagonista coneix el nouvingut al port (on va a esperar-lo amb Joan) fins que se'n va a dormir. La història, per tant, es troba en els seus inicis. Tanmateix, ja es poden intuir alguns dels fets que s'esdevindran.

El fragment presenta els sentiments d'Aloma davant d'una escena molt concreta, que se'ns ofereix tal com la contempla la noia. Coral té Joan i Robert al seu costat i Aloma, a banda d'angoixar-se i de trobar una diferència considerable entre elles dues, experimenta un odi profund per tothom menys per Dani, el seu nebodet. A banda d'aquests aspectes, és significatiu que la diferència entre Aloma i Coral estigui donada pel contrapunt entre l'exageració de la segona i la tendresa puntualment ofegadora de la primera; almenys, des de la perspectiva d'aquesta.

Aloma no pot explicar la seva angúnia perquè no té informació suficient. En primer lloc, no sap que la relació de Joan amb Coral suposarà la pèrdua de la casa i, per tant, l'obligació de marxar del lloc on ha viscut sempre, d'abandonar casa seva (un fet que té lloc al darrer capítol de l'obra). Tanmateix, la noia ja ha començat a notar alguna cosa. Si inicialment pensa que el seu germà no té iniciativa, que es conforma i que és més o menys feliç (capítol II), quan van junts al port —just abans que ell li comenti la possibilitat de vendre la casa sense dir-li'n els veritables motius— es diu que fa temps que el troba canviat, tot i que no en sap concretar les raons (capítol III). La seva sensació malagradosa de poca estona després, la que es formula en la primera línia del fragment que comentem, està donada per la intuïció inconscient d'aquestes raons i de les implicacions que tindran. Si més no en part, perquè tot plegat queda relegat a un segon pla, de moment, en imposar-se uns esdeveniments més importants en la vida de la noia (que també s'anuncien, encara que menys clarament, aquí).

Abans d'aquesta escena concreta, mentre mengen pastissos i beuen vi bo, Aloma mira Coral i es pregunta com és possible ser tan bonica. Immediatament, apareix aquesta frase premonitòria: «Tots els seus somnis acabaven de la mateixa manera: assemblant-se a Coral». Malgrat que quan veu Robert al seu costat s'enrabia perquè pensa que ha vingut a enamorar-lo (i per tant la sent com una rival, amb la qual creu que no pot competir), és Aloma qui establirà una relació amb ell. La irona rau en la circumstància que, des d'aquest punt de vista, serà exactament com Coral: cap de les dues no són casades, i es relacionen amb els homes d'una manera socialment blasmada, il·legítima. Cosa que acabarà, literalment, amb els somnis d'Aloma. De fet, els destruirà per complet.

L'odi que domina Aloma davant el protagonisme de Coral i l'atenció preferent que Joan i Robert li dediquen neix de la seva condició d'adolescent insegura, mancada dels recursos materials per poder fer lluir la seva joventut (només té una combinació que ja ha sargit mil vegades o porta unes sabates amb un taló torçat), i necessitada d'afecte a causa de la seva orfenesa, del suïcidi del seu germà Daniel i de la poca tendresa que rep d'Anna i de Joan. Si l'únic que no odia és el nen, tot i que Coral també el fascina (quan arriba, Dani diu a Aloma, amb la sinceritat característica dels infants, que és més maca que ella), és per l'amor que té a la criatura, «manyac com un cadell» (capítol II). El nebot, a més, porta el nom del seu germà mort, i és l'únic amb qui la noia juga i en qui aboca el seu afecte (fins que el desplaça cap a Robert). Potser seria excessiu veure un lligam textual entre aquest aspecte i el final de l'obra, quan, sola (i possiblement sentint que odia tothom: Robert, per haver marxat; Joan, per haver perdut la casa; Anna, per girar-se contra ella en saber que està embarassada, i la resta de la gent, perquè la miraran amb fàstic), Aloma s'agafa al fill que espera com a dipositari únic de la tendresa que la segueix diferenciant, malgrat tot, de Coral. En tot cas, queda apuntat.

En aquest fragment tan breu, doncs, hi ha concentrats diversos elements que remeten a la construcció narrativa d'*Aloma* i a algunes de les seves característiques essencials. En primer terme, la perspectiva. La història s'explica amb una focalització fixa en la protagonista, cosa que explica que anem coneixent la història al mateix ritme que ella la va vivint, entenent (o no) i sentint. Això mostra que som davant d'una novel·la psicològica, ja que l'èmfasi dels fets no es posa tant en aquests en si com en els sentiments, les reaccions i, en definitiva, l'experiència d'Aloma.

Simultàniament, la narració en tercera persona (queda clar, en el fragment, que no és ella qui relata els fets, sinó un narrador extern, sense presència explícita en l'obra) permet dotar el text d'una dimensió significativa més rica, que amplia aquesta experiència i permet a qui llegeix tant comprendre més del que comprèn Aloma com entendre a fons el personatge, capir el seu món interior i posar-se a la seva pell. D'aquí que puguem captar el sentit premonitori i el simbolisme de l'escena. Això confereix a la història, tal com es formalitza literàriament, el pes emotiu i l'interès humà que superen l'anècdota estricta. Tot plegat projecta una novel·la dels anys trenta que hauria pogut ser rebutjada per Mercè Rodoreda igual que totes les de l'època (*Aloma* és l'única que en recupera, per bé que la refà completament) cap al nucli de l'escriptura de l'autora en els anys seixanta. *Aloma*, des de la seva modèstia, se situa així al costat de llibres com *La plaça del Diamant* o *Jardí vora el mar*.

Comentari B

«La porta es va obrir i el cor se li va posar a batre de pressa. Robert va destapar el llit. Si la tocava, no es podria aguantar les ganes de cridar. I si cridava, hi anirien Anna i Joan i li dirien que era una perduda. Robert es va estirar al seu costat i ella va apartar-se.

—Vés-te'n! —li va dir baixet. Robert la va abraçar tan fort que va fer-li mal. «Quin fàstic, l'amor.» Hauria volgut que l'endemà l'haguessin trobada morta al mig del carrer. Li va venir mareig. Cada vegada es sentia més presonera, més dominada. *Si tingués el que necessiteu, qui sap on fóra...* Mig boja de desesperació, li va mossegar els llavis.

Robert va saltar del llit, va encendre el llum i, groc de ràbia, li va dir:

—Bèstia!

Aloma el va veure que sortia amb la mà damunt dels llavis bruts de sang.» (cap. XVI)

Aquest fragment correspon al final del capítol XVI d'*Aloma*, de Mercè Rodoreda, i suposa la culminació del que s'hi explica. Després de no haver aconseguit res de Coral, Aloma demana diners a Robert per mirar de salvar la casa. A la noia li costa molt fer el pas, i se sent molt ferida en saber que el seu germà, que li ha demanat que en parli amb ell, ja ho havia provat. Encara la fereix més, però, que Robert li digui, sense pensar, que si tingués tants diners no seria pas amb ells. Descobrir que Anna està al corrent de l'adulteri de Joan i que també esperava que ella aconseguís els diners demanant-los a Robert rebla el clau de la seva sensació d'haver estat utilitzada i de no tenir sinó mentides al seu voltant. Necessita cansar-se i no vol veure ningú. Ni tan sols a Robert. Se sent desesperada. Quan a la nit Robert entra a la seva habitació i es fica al seu llit, aquesta desesperació esclata violentament. Això és el que es relata en el fragment que comentem.

L'escena que es descriu mostra la profunditat del drama d'Aloma mitjançant procediments diversos. D'una banda, se'ns ofereixen els pensaments, les emocions i les percepcions de la protagonista: les seves ganes de cridar, la por que Joan i Anna la sentin i la insultin, el dolor físic, la repugnància pel contacte amb el cos de Robert, el mareig, la sensació d'estar atrapada, el mal que li fa el cor pel comentari d'ell d'unes hores abans (reproduït en cursiva) i la reacció instintiva de mossegar-lo. De l'altra, hi ha l'explicació dels fets: Robert entra, es fica al seu llit, comença a tocar-la, s'aparta bruscament amb la queixalada, encén el llum, la insulta i se'n va. Allò que passa per dins d'Aloma i allò que s'esdevé a la seva habitació es juxtaposen en unes línies que assoleixen una intensitat dramàtica de gran càrrega simbòlica gràcies a la sobrietat i a la precisió dels elements seleccionats i, sobretot, a les associacions que estableixen amb altres episodis de l'obra.

Les paraules «Quin fàstic, l'amor» remeten molt clarament a la primera frase de la novel·la («L'amor em fa fàstic»). Aquesta frase d'Aloma, cal recordar-ho, és resultat de pensar en la gata de carrer constantment prenyada i gatinant, cada vegada més bruta i malalta, perseguida malgrat els seus vòmits d'animal moribund per un mascle superb i poderós únicament mogut per l'impuls sexual. La identificació entre els dos episodis, i per tant entre l'animal i Aloma, esdevé immediata. La reforcen, encara, tres elements. En primer lloc, el desig intern de la protagonista que l'endemà la trobin morta al mig del carrer, que és precisament el que passa amb la gata, ja que el vigilant la mata l'endemà que Aloma en presencïï l'assetjament. En segon lloc, el mareig de la noia, que es correspon exactament amb la seva reacció física d'aleshores. En tercer lloc, el seu acte de defensa, més irracional que altra cosa, i que fa que Robert li deixi anar un insult que l'equipara amb la bèstia.

La sobreposició del que li ha passat a la gata amb el que li està passant a Aloma es produeix sense que el personatge en tingui consciència. Però qui té el llibre de Mercè Rodoreda a les mans se n'adona immediatament. I queda clar que la protagonista està vivint la relació amb Robert com si fos l'animal que va veure morir a poc a poc. Ella, de fet, *se sent* morir a poc a poc. Dani és mort, com abans va morir Daniel. El seu germà i Anna l'han utilitzada sense cap mena de consideració. Aviat haurà de deixar la casa on ha viscut sempre. L'home que hauria d'estimar-la, que hauria de casar-s'hi perquè l'ha feta seva (cosa que es dedueix del fet que pensi que Anna i Joan la considerarien una perduda si sabessin que té relacions amb Robert), li ha dit que si tingués diners no seria amb ella. I ella es fa fàstic a si mateixa i es troba presonera de la voluntat d'aquest home, dominada i desbordada per la situació. No és estrany que reaccioni com un animal amenaçat.

Aquest és el punt que marca el clímax de la novel·la. Després d'això, els fets es precipiten cap al seu final inevitable. El pis, l'amargor d'Anna, el desencís d'Aloma, la distància que imposa Robert entre ells dos, la súplica de perdó de la noia, la seva descoberta de l'existència de Violeta (la dona que el reclama a Amèrica), l'acceptació ineludible de l'embaràs i la marxa de Robert se succeeixen sense dilació. En la soledat i la desesperació, la sensació d'haver de viure malgrat tot, a diferència de Daniel, és l'únic que li queda.

L'efectivitat dels mecanismes literaris que aquest fragment fa evidents remet al mestratge que Mercè Rodoreda assoleix en els anys seixanta (la versió definitiva d'*Aloma* és de 1969) alhora que ens parla de les bases fonamentals que aquesta gran escriptora assenta en els anys trenta. La primera versió de l'obra, publicada el 1938, ja havia suposat un guany de primer ordre en la recerca d'una veu literària pròpia per part de l'autora. Rodoreda, amb la voluntat d'entroncar amb la modernitat i contribuir a resoldre els problemes de la cultura catalana, havia donat una narració aconseguida que va atraure el públic, va satisfer la crítica i va obrir els camins de la seva obra posterior. L'experiència i l'ofici, és clar, n'havien de millorar la tècnica i fer-ne madurar els plantejaments. En el nou context dels anys seixanta, l'escriptora va refer completament el text per alliberar-lo dels components que el lligaven excessivament al temps i al país de feia tres dècades. En la concentració i la sintetització narratives que hi va aplicar, però, es van reforçar els mecanismes que ja aleshores li havien garantit un primer èxit en el camp de la novel·la psicològica. Uns mecanismes que, polits i afinats per la vida, les lectures, el treball ininterromput i una vocació ferma, es troben a la base de les grans obres de postguerra de Mercè Rodoreda.

Textos complementaris

Marina Gustà, «Mercè Rodoreda, escriptora», *L'Avenç*, n. 301 (abril 2005), ps. 21-22

Cap efemèride no ha motivat el dossier que presentem. Si de cas, una constantment renovada celebració pel fet de comptar en el nostre patrimoni literari amb una obra extraordinària que mostra, com més va més, caires nous a l'exploració crítica. L'abundor de documentació personal, de la qual els epistolaris formen el gruix més notable, i les pistes de possible rendiment que tots aquests papers proporcionen (a través dels interlocutors o comentadors de la Rodoreda aparentment «real»), ha permès anar teixint, i contribueix a teixir encara, una biografia en brut que, quan l'exhauriment i la redundància ho exigeixin i el temps hi sigui propici, haurà de donar, sense grogors i en les justes proporcions cada episodi, l'explicació d'una vida. D'una vida d'escriptor.

Per ara i tant, l'obra de Mercè Rodoreda n'ha rebut tot un feix de clarors biogràfiques que han posat al descobert algunes fonts reals de personatges, de situacions, d'escenaris i d'objectes que poblen novel·les i contes, d'una banda; i han ajudat a establir alguns estadis de la gestació de l'obra en els llibres, de l'altra. No és pas poca cosa, especialment això darrer, que incideix directament en l'elucidació del perfil evolutiu del discurs rodoredià, ni lineal ni canalitzat sinó sinuosament fluvial, bifurcat per illes de vida i de llibres, i amb braços que mai no s'assequen del tot. Així, posem per cas, la lectura de novel·la detectivesca, que donà un primer resultat paròdic en els anys d'aprenentatge (*Crim*, 1936), i que aparentment no tingué continuïtat, és ben present, pel que fa a alguns requisits compositius, en la intriga claustrofòbica dels moments centrals d'*El carrer de les Camèlies* (1966), o en la construcció de la trama de *Mirall trencat* (1974). O, per donar un altre exemple conegut, el coneixement, ara ja antic, però en el seu moment trasbalsador, al qual es va pervenir a través de la documentació personal, que *La plaça del Diamant* (1962) i *La mort i la primavera* (pòstum) van tenir una redacció si fa no fa simultània, i el que això va suposar per a la hipòtesi d'evolució segons la qual s'havia llegit molt temps l'obra rodorediana.

Algun dia, la història de la recepció d'aquesta obra, de cadascuna de les fites que la componen, haurà de ser tema d'un estudi precís, que ens permeti de cimentar llocs comuns com la marginació crítica que és fama que sofriren els primers contes i novel·les de la represa. Lluny de generalitzacions, resseguir la manera com Rodoreda ha estat llegida i divulgada des de 1959, especialment durant els anys seixanta i primers setanta, donaria com a resultat una peça important per a la fixació de línies de tensió no sempre visibles que produeixen una determinada superfície del que hauria estat el sistema literari en aquells anys. Fer-ho amb tots els recursos documentals necessaris, i sense partits presos que limitin la condició que permet de saber i entendre, hauria de dur a una narració de la qual haurien desaparegut els automatismes interpretatius pels quals sovint atribuïm a un credo estètic el que no és sinó una animadversió personal, o a una distància ideològica el que caldria apuntar al compte del (dis)gust estètic.

El lligam entre els tres articles que componen aquest dossier no és dels que escanyen i no és potser, a primer cop d'ull, gaire visible. Però hi és, i deliberat: es troba en l'apel·lació a la historicitat de l'obra de Mercè Rodoreda. No semblaria d'entrada un aspecte que calgués reivindicar, perquè no ha estat mai abandonat del tot —és, amb les lectures temàtico-simbòliques, l'altre pilar que sosté el respectable gruix dels estudis rodoredians. Ara: ha arribat un punt en què aquestes darreres han insistit tant en la interpretació basada en correspondències temàtiques sovint injustificades, segons les quals tot allò que el text «diu» en realitat cal llegir-ho com a allò que «vol dir», que s'ha acabat més per arbitrar un objectiu i desviar-hi els mitjans, que no pas per mantenir-se —amb el procediment que es vulgui, no cal ni dir-ho— en el clos de la lectura literària: el text «diu» el que «diu». Si de cas, es tracta d'explicar «com» i «per què» ho diu. És innegable, per altra banda, que un biografisme reductor que s'acontenta a trobar (o no) les fonts «reals» de la ficció té poc a veure amb l'establiment de la historicitat d'una obra, la qual hauria de donar raó no només de com ha sorgit en el temps i s'hi ha fet, sinó també de la manera peculiar com reflecteix el temps històric (i val a dir que això ha estat resseguit algun cop amb perícia).

Es llegeix millor literàriament com més històricament es llegeix. Si gosem dir que aquesta és l'aposta i la proposta d'aquest dossier, és perquè creiem que contribueix a fer vàlida una afirmació que, si s'entén com s'ha d'entendre, no té precisament cap reduccionisme encobert com a intenció maliciosa. Al contrari. [...]

[Les ratlles finals del text, excloses, fan referències específiques als articles que conté el dossier]

Bibliografia

Bibliografia citada

Campillo, Maria (1994) *Escriptors catalans i compromís antifeixista (1936-1939)*. Barcelona: Curial Edicions Catalanes - Publicacions de l'Abadia de Montserrat. Textos i Estudis de Cultura Catalana, 35.

Campillo, Maria (2002) «El tiempo histórico de Mercè Rodoreda». En *Mercè Rodoreda, una poética de la memoria*. Barcelona: Fundació Mercè Rodoreda - Institut d'Estudis Catalans, ps. 18-37.

Castellanos, Jordi (2005) «L'atracció literària del Barri Xino». *L'Avenç*, n. 306 (octubre), ps. 24-30.

Real Mercadal, Neus (2005) *Mercè Rodoreda: l'obra de preguerra*. Barcelona: Publicacions de l'Abadia de Montserrat. Biblioteca Serra d'Or, 344.

Real Mercadal, Neus (2006) *Dona i literatura a la Catalunya de preguerra*. Barcelona: Publicacions de l'Abadia de Montserrat. Textos i Estudis de Cultura Catalana, 110.

Rodoreda, Mercè (1984) «Pròleg». En *Mirall trencat*. Barcelona: Edicions 62 [1974]. Les Millors Obres de la Literatura Catalana, 92.

Rodoreda, Mercè (1991) *Cartes a l'Anna Murià 1939-1956* [1985]. Barcelona: Edicions de l'Eixample. Clàssiques, 7.

Rodoreda, Mercè (2006) *Aloma (1938)* [1938]. Edició, in-

troducció i notes de Carme Arnau. Barcelona: Edicions 62. El Balancí, 530.
Trabal, Francesc (1938) «Salut, Aloma!». *Meridià*, n. 21 (5 de juny), p. 6.

Bibliografia complementària

Arnau, Carme (1979) *Introducció a la narrativa de Mercè Rodoreda*. Barcelona: Edicions 62. Llibres a l'Abast, 144.
Aulet, Jaume (1998) «Mercè Rodoreda i els seus *Vint-i-dos contes*. Ni més ni menys». En *Actes del I Simposi Internacional de Narrativa Breu*. A cura de V. Alonso, A. Bernal i C. Gregori. Barcelona: Institut Universitari de Filologia Valenciana - Publicacions de l'Abadia de Montserrat. Biblioteca Abat Oliba, 207, ps. 457-471.
Campillo, Maria (1998) «Mercè Rodoreda: la construcció de la veu narrativa». En *Actes del I Simposi Internacional de Narrativa Breu*. A cura de V. Alonso, A. Bernal i C. Gregori. Barcelona: Institut Universitari de Filologia Valenciana - Publicacions de l'Abadia de Montserrat. Biblioteca Abat Oliba, 207, ps. 323-354.
DDAA (2002) *Mercè Rodoreda, una poética de la memoria*. Barcelona: Fundació Mercè Rodoreda - Institut d'Estudis Catalans.
DDAA (2005) «Dossier: Mercè Rodoreda. Escriptora». *L'Avenç*, n. 301 (abril), ps. 21-47.
Nadal, Marta (2000) *De foc i de seda. Àlbum biogràfic de Mercè Rodoreda*. Barcelona: Edicions 62 - Fundació Mercè Rodoreda - Institut d'Estudis Catalans.